KB020491

강령술사

FUSION FANTASY STORY & ADVENTURE

정은호 퓨전판타지 장편소설

6

dream
books
드림북스

강령술사 6

초판 1쇄 인쇄 2015년 9월 3일
초판 1쇄 발행 2015년 9월 10일

지은이 정은호
발행인 오영배
책임편집 편집부

펴낸곳 (주)삼양출판사 · 드림북스
주소 서울시 강북구 도봉로 173
대표 전화 02-980-2112 **팩스** 02-983-0660
출판등록 1999년 3월 11일 제9-00046호

ⓒ 정은호, 2015

ISBN 979-11-313-0437-2 (04810) / 979-11-313-0313-9 (세트)

+ (주)삼양출판사 · 드림북스의 서면 허락 없이는 어떠한 형태나 수단으로도 이 책의 내용을 이용하지 못합니다.
+ 지은이와 협의하에 인지는 생략합니다. 잘못된 책은 구입한 곳에서 바꾸어 드립니다.
+ 이 도서의 국립중앙도서관 출판시도서목록(CIP)은 서지정보유통지원시스템홈페이지(http://seoji.nl.go.kr)와
  국가자료공동목록시스템(http://www.nl.go.kr/kolisnet)에서 이용하실 수 있습니다. (CIP제어번호: 2015024108)

드림북스는 (주)삼양출판사의 판타지 · 무협 문학 브랜드입니다.

강령술사

정은호 퓨전판타지 장편소설

FUSION FANTASY STORY & ADVENTURE

dream books
드림북스

목차

Chapter 1
고른 백작령에 도착하다

"이제야 일어나는군."

허공에서 가느다란 목소리가 들렸다. 꽤나 익숙했지만, 최근 들어 자주 듣지는 못했던 목소리였다.

경식은 곧바로 인지했다.

"에리카?"

그는 일어나 주변을 둘러봤다. 그곳은 검은 밤이 늘러 붙은 잔디밭이었다. 서늘한 바람이 그의 뺨을 훑었다.

"네놈이 얼마나 잠들어 있었는지 아느냐?"

"아니, 지금 일어났는데 당연히 모르지……."

가늠해 보려고 해도 생각나지 않았다. 그리고 왜 자신이 심상세계로 오게 되었는지, 정신을 어떻게 잃었는지도 기억나지 않았다.

마치 단기 기억상실증에 걸린 것 같은 느낌이 들었다.

"푸른 허무를 만난 것 같더구나."

"어떻게 알아, 그걸?"

"읽었다. 너의 기억을. 나는 너, 너는 나 아니더냐?"

"왠지 오글거리지만 사실이라 할 말이 없군."

부스스한 머리를 붙잡고 조금 흔들고 나서야, 경식은 자신이 왜 이곳에 왔는지 명확하게 알 수 있었다.

"아! 난 분명 그 알스라는 녀석과……."

"아류에게 지다니, 제정신이더냐?"

"으음……."

에리카는 경식을 꾸짖고 있었다. 그리고 경식 역시 할 말이 없어 한숨을 푹 내쉰다.

"강하다고. 그 녀석. 단 한 번의 공격으로 내 정신을 잃게 할 만큼."

"아직도 정확하게 기억이 나질 않는 모양이로구나. 정확히 기억해야 이곳에서 나갈 수 있을 것이야."

"……?"

"네가 좋아서 이곳에 온 게 아니라면, 나를 보러 온 게 아니라면, 이곳에 오고 싶지 않았는데 온 것이라면, 달리 무엇이 있겠느냐? 그냥 정신을 잃을 정도로 내가 있는 곳으로 강제적으로 왔겠느냐?"

이곳은 경식의 무의식. 그 무의식 속에서도, 운명공동체끼리 이어져 있는 가장 깊은 무의식 속이었다. 경식의 의식이 이곳까지 곤두박질쳤다는 것은, 그만큼 급박한 상황에 봉착해 있었다고 하는 것과 같은 말이었다.

"급박한…… 상황이라고? 하긴. 내가 알스랑 있다가 정신을 잃…… 아니, 잃은 게 아니구나."

경식의 눈이 크게 부릅떠졌다

"나. 죽었던 거지?"

그 말에, 에리카가 묵묵히 고개를 저었다.

"아니다."

"그럼 살아 있어?"

"더더욱 아니니라."

"지금 나랑 말장난 하자는 거야?"

"그건 더더더욱 아니니라!"

그렇게 말하며 에리카가 경식에게로 다가와 손을 올려붙였다.

짜악!

"정신차려라, 이것아!"

"끄악! 아프잖아!"

"아프라고 때린 게다. 이렇게 쉽게 죽으면 어떻게 하자는
게야?"

"죽었다고? 아까는 안 죽었다고……."

뭔가 깨달은 경식이 눈을 더욱 크게 부릅떴다.

"도대체 그 눈이 얼마나 더 커질 수 있는 게냐?"

"……난 죽어 있었던 게 아니라, 지금 죽어 있는 거구나?"

에리카가 한숨을 내쉬며 고개를 끄덕였다.

"그래. 네놈은 지금 죽어 있다."

"미쳤네. 미쳤어. 내가 죽었어. 지금 내가 죽어 있다고."

지금 경식은 영혼 상태였다.

몸은 멸하고, 영혼만 남은 상태인 것이다.

"일반인이라면, 너는 이미 영혼화 되어 천국으로든 지옥으
로든 갔을 것일 게다. 하지만 네놈은 나와 운명공동체. 일반
인과는 영혼의 질이 다르지."

"……."

"다행히 소울 브리딩을 열심히 해 줬더구나. 이렇게나 영혼
이 성장하다니 말이야."

"이, 일단 몸이 2단계가 되긴 했지?"

"그러지 않았더라면, 네 영혼은 육체를 벗어나 있을 것이다. 아니, 영혼 자체가 소멸하거나 알스라는 녀석에게 네 영혼이 먹혔을지도 모를 일이지."

"……."

"자신의 존재와 자신의 상황을 정확하게 자각했다면, 되었다. 이제 가 보아라. 지금의 너는 이곳에 오래 있으면 있을수록 안 좋으니 가보는 게 좋을 게야."

"그래? 안 좋을 수도 있었어?"

경식이 질문을 뱉음과 동시에, 질문에 대한 해답이 바람처럼 경식의 머리를 스치고 지나갔다. 이곳은 그와 그녀가 주인인 공간이므로 질문을 함과 동시에 이곳에 대한 정보를 깨우쳐버린 것이다.

"지금 상태에선, 내가 있을수록 너에게 나의 영혼이 양도되는 거냐?"

"삼투 현상이라고 생각하면 되느니라. 지금 너는 많이 약해져 있다."

"그럼 네가 나를 먹는 건가?"

"미개한 표현을 사용하면 그렇게 되겠지."

"그럼 너한테는 좋은 거 아니야?"

그 말에, 에리카가 정색한다.

"나를 어디까지 밑으로 보는 게냐. 그런 식의 사고방식이었다면 지금껏 내 고고한 영혼을 지키지 못했을 것이다."

"……."

실례해 버렸군.

경식은 그런 생각을 하며, 에리카를 지그시 응시했다.

"미안해. 많이 찾지 않아서."

"너의 손길을 바라지 않는다. 그저 오면 반가울 뿐."

그게 그거 아니야?

"그럼 가 볼게. 미안하고 고마워."

경식이 에리카에게 손을 흔들며 사라져 갔다.

사라진 경식을 바라보며, 에리카가 의미 모를 미소를 지었다.

"3단계가 되거라. 그렇게 되면……."

에리카의 미소가 더욱 짙어졌다.

*   *   *

"으앗!"

경식은 눈을 뜨자마자 벌떡 일어났다. 주변은 푸른 하늘.

산들바람. 그리고 숲이었다.

정상적인 풍경임에 틀림이 없었다.

"깨어난 건가?"

우선 주변에 누군가가 있는지부터 찾았다. 제이크라든가, 란시아라든가. 슈아 역시 걱정이 된다.

하지만 그들 중 단 한 명도 이곳에 없었다.

대신 회색 피부의 오크와 번들거리는 초록색 피부를 가진 트롤이 경식을 먹음직스럽다는 눈으로 보고 있었다.

"취이익! 10일 만에 뜬 눈! 너를 간호하며 10일 동안 감기지 못했던 나의 눈! 취이이익!"

"내가 일.어난다 하지. 않았는가!"

"흐음. 생각보다 대가 센 사람이었나 보오."

뒤에서 틱틱거리는 푸른 허무의 목소리도 들려온다.

그제야 경식은 이곳이 어디인지 알아차렸다.

"여우구슬 안이구나."

꿈도 현실도 아닌, 여우구슬 안쪽 경식의 심상이었다.

"그런데 내가 10일이나 잠들어 있었다고?"

"정확히 말하자면 죽어 있었다는 표현이 옳은 표현일 것이오. 저기 저 오크와 트롤이 당신을 살린 것이지."

"……나를 살려?"

경식이 일어나자, 심각한 분위기가 환기되었는지 붉은 어금니가 씨익 웃었다.

"심장.은 멈췄.지만 지속적으로 기.운을 불어 넣었.다. 재생력의 문.제가 아니기 때문에 모.두가 힘을 합쳤다."

"취이익. 돌아올 줄 알고 있던 모두. 그 기대감을 져 버리지 않은 오뚝! 이."

"아니. 오뚝이라는 말을 어떻게 알아?"

"취익!?"

경식의 질문에 회색 바람은 딱히 대답할 말을 찾을 수 없어 머리를 긁적이기만 했다. 그러게? 오뚝이라는 게 도대체 뭐길래? 알 수 없는 일이었다.

그런 가운데, 푸른 허무가 다가와 경식에게 손을 내밀었다.

"일단 깨어난 것을 축하하오. 나는 솔직히 깨어나지 못할 줄 알았소."

"으음……."

경식은 푸른 허무가 내민 손을 잡고 벌떡 일어났다. 푸른 허무는 일어난 경식의 옷매무시를 바로 해 주더니 묻은 먼지를 탈탈 털어주었다.

뭔지 모르지만 이전보다 약간 상냥해진 느낌이랄까?

"왠지 손길에서 이전과는 다른 상냥함이 느껴지는데요?"

그 말에, 푸른 허무가 피식 웃었다.

"내가 알던 감옥과는 이곳이 많이 달라서 그럴 것이오. 솔직히 좀 놀랐거든."

푸른 허무가 기억하는. 그러니까 사령의 보옥 안쪽의 풍경과 지금 경식의 여우구슬 안의 풍경은 많이도 달랐던 것이다.

"많이도 다르더군. 인정할 만한 일이오. 그곳은 철창뿐이 없는 어둡고 습한 곳이었지."

"아니, 이곳은 감옥이 아니라 놀이터라니까 그러네요."

회색 바람이 살고 있는 통나무 원두막. 붉은 어금니가 살고 있는 늪. 그리고 투마가 살고 있는 거대한 바위 모두 그들이 좋아하는 환경을 본떠서 만든 것이었다.

"그러니까. 당신도 만들어 줄 수 있어요. 말씀해 보세요 어디. 최대한 맞춰드릴 테니까요."

경식의 말에, 푸른 허무는 잠시 고민하는가 싶더니, 이내 입을 열었다.

"난 아무래도 좋소. 어차피 집에 큰 미련을 두지 않는 스타일이라서 말이오. 하지만 부디 부탁건대, 일주일에 한 번 씩은 구미호 님을 불러 주시겠소? 부탁이오."

경식은 뭔가 잘못 들었지 않나 싶어 다시금 물었다.

"뭐라굽쇼?"

"구미호 님을 자주 보고 싶다 하였소."

"아니 그러니까 구미호…… 님이요?"

"그렇소. 구미호 님이라오."

여전히 이해가 가지 않아, 경식은 푸른 허무에게는 미안하지만 다시금 물어볼 수밖에 없었다.

"뭐라굽쇼?"

"내 말이 잘 이해가 가지 않는 모양이로군. 하긴. 무리도 아니라고 생각하오."

푸른 허무는 자신이 구미호를 왜 이렇게 신격화 시켰는지 그 이유를 알려 주었다.

솔직히 그 이유라고 하는 게 별것 아니었다.

경식이 여우구슬 안에서 사경을 헤매고 있을 때, 그런 경식을 여우구슬 안에서 계속 지켜보던 인물이 구미호였다.

그리고 여우구슬 안에서, 구미호는 굳이 자신의 몸을 간소화 할 필요가 없기 때문에, 본체로 현신하기 바로 전 단계인, 인간 형태로 이곳에 있었던 것이다.

그리고 그 아름다움을, 푸른 허무는 봐버렸던 것이고 말이다.

"아아. 이제야 좀 이해가 되네요. 그러니까 지금, 구미호가 알고 보니 엄청 예뻐서 그거 때문에 이렇게 태도가 바뀌셨다?"

"그분과 똑같은 말을 하는군. 하지만 사실이오. 부끄럽지만, 내가 누군가를 볼 줄 아는 눈이 이렇게 없을 줄은 몰랐지. 평생 참회하며 산다고 하였지만, 그분은 거들떠도 보지 않으시더군."

"아이고, 그러세요."

"나는 죄 많은 사람이라오. 그곳에 잡혀 있는 처녀들을 구하고 싶어서 자네에게 투신을 하였지만, 끝끝내 구해 내지도 못했지. 아마 그래서 그분 역시 나를 달갑게 여기지 않는 것이겠지."

경식은 '그런 이유는 아닌 것 같은데'라는 장난스러운 생각을 하다가 깜짝 놀라서 되물었다.

"아, 아니 잠깐만요. 뭐라고요? 처녀들이 뭐요?"

"우리는 그들에게 패배했네. 그 처녀들이 지금 어떻게 되었을 것 같은가?"

"……."

경식의 손이 꽉 쥐어졌다. 지금에야 경식은 자신의 패배로 인해 일어난 상황을 진지하게 받아들였다.

"그럼 그 많은 여자아이들은……."

"그 처녀들은…… 좋게좋게 생각하고 싶군."

"그럼 우리들은……?"

"모르지. 하지만 자네가 지금 살아 있는 걸 보면, 어떻게든 빠져나와서 도주를 하고 있지 않나 싶네."

"그렇다면 정말 다행이긴 하지만요."

"궁금하면, 어서 이곳을 나갈 생각을 하면 된다오."

"으음, 나가야겠네요. 몸은 다 회복되었겠죠?"

"톨톨톨. 문제 없.다. 네가 준비만 된다면 나.갈 수 있지."

"준비는 이미 되었어. 다만 한 가지."

경식은 고개를 들어 거대한 바위를 바라봤다. 거대한 바위에는 햇살이 따사롭게 내리쬐고 있었고, 그 위에는 거대한 오우거 한 마리가 흘끗흘끗 경식을 바라보고 있었다.

눈이 마주치자, 투마가 굳게 눈을 감는다.

경식은 투마에게로 걸어가, 고개를 숙여 보였다.

"고마워, 투마. 네가 있어서 멈췄던 심장이 다시 뛰게 된 걸 난 알아."

"없다. 그렇다. 일이다. 앞으로는."

경식이 투마가 한 말에 대한 대답을 해 주려 할 때, 옆으로 다가온 푸른 허무가 대신 말을 이어 갔다.

"앞으로는 그럴 일 없을 거라고 하는구려."

"……나도 알거든요? 알아들었으니까?"

"헐헐헐. 그 정도 친화력은 있다는 뜻인가?"

"당신은 어떻게 알아듣는 겁니까?"

"나야 뭐…… 이 아가씨와 친하기 때문 아니겠소?"

"……아가씨요?"

"그렇지. 어엿한 아가씨지."

푸른 허무는 싱긋 웃으며 투마를 바라봤다. 투마가 그런 푸른 허무와 눈이 마주쳤다.

경식은 투마가 푸른 허무를 신경도 쓰지 않을 거라 굳게 믿고 있었다.

하지만 결과는 그것과 정 반대였다.

"하다. 친하다. 나. 그대와."

"……?"

"마치 돼지가 나는 것이라도 본 듯한 표정이로구려?"

"아니 오히려 돼지가 날랐다면 덜 놀랐을 것 같은데요? 도대체 어떻게 이 투마와 친해질 수가 있는 거죠?"

"헐헐. 여성과 내가 친해지는 것은 그리 어려운 일이 아니라오."

"아니…… 아무리 그래도."

경식이 그런 생각을 하는 와중에도, 푸른 허무는 투마가 누워 있는 바위로 사뿐히 올라가 그녀의 옆에 걸터앉는 것이었다.

"가게 되면 구미호 님께 내 말 좀 잘 전해 주시오. 당신을 좋아하기로 마음먹었다고."

"저 싫어하는 거 아니었어요?"

"말만 그렇게 전해 달라는 거요."

"아아, 그러세요."

경식은 한숨을 푹 내쉬며 눈을 감았다.

회색 바람과 붉은 어금니가 그런 경식을 바라보며 인사 대신 손을 흔들어 주었다. 푸른 허무가 반쯤은 어이없다는 듯, 반쯤은 신기하다는 듯 그 모습을 바라본다.

"더군다나 붉은 어금니. 자네는 갇혀 사는 것에 염증까지 느끼고 있지 않았나? 어째 에리카 양과 경식을 대하는 태도가 상당히 다르군?"

그 말에, 붉은 어금니가 싱긋 웃었다.

"톨톨톨. 그. 럴 만하.니까."

"다른 부분이야 있겠지만…… 그것은 개인의 차이일 뿐. 어차피 자네들이 부려지는 것은 똑같을 것이오. 오히려 더욱 이용하기 쉽게끔 당신들은 알아서 힘을 나눠주고 있지 않소? 자존심이 상하지도 않는 것이오?"

그 말에, 듣고 있던 회색 바람이 눈을 부라렸다.

"춰이이익! 지금 막 들어온 신입! 막 들어왔으면 알아서 기는 것이 기본인! 춰이익!"

"운율을 맞출 줄 모르는 무식한 오크로구려. 뭐, 아무튼 난 자네들을 걱정해서 한 말이니 고깝게 듣진 말아 주었으면 싶소."

"동.감이다."

"그래, 투마 양은 나의 말에 동감을 해 주는군."

그 말에, 붉은 어금니가 빙긋 웃으며 말했다.

"조금만 더 지나면 알.게 될 것.이다. 경식의 따듯.한 마음을⋯⋯."

자신이 생각해도 오글거린다고 생각하며, 붉은 어금니는 경식이 만들어 준 바둑판과 푸른 허무를 번갈아 바라보다가 말했다.

"한 판. 할까 하는데 낄.것인가?"

그 말에, 푸른 허무가 흥미를 비쳤다.

"그 판때기는 뭐에 쓰는 것이오?"

그 말에, 붉은 어금니의 미소가 짙어졌다.

"다시는 나를 무.식하다 칭하지 못하게 만.들 녀석이다, 이녀.석이."

"흐음? 흥미롭군."

푸른 허무가 바위에서 사뿐히 내려와 붉은 어금니와 마주 앉았다.

그리고 그것이 푸른 허무가 이곳에서 '오목 신'이라는 신화를 쓰게 되는 첫 발판이 되었다.

* * *

"주인님 괜찮으십니까 주인니이이임!"

경식이 몸을 꿈틀거리자, 그것을 가장 먼저 발견한 제이크가 냉큼 달려와 경식의 몸을 쥐고 흔들었다. 혹시 죽었나 싶어서였다.

그러나 죽지 않았다.

경식은 정신을 차리자마자 밀려오는 울렁거림에 소리를 질렀다.

"으어어어어어어엉!"

경식이 비명을 지르자, 뒤늦게 따라온 구미호가 제이크 주변을 돌며 소리쳤다.

[살아 있어 살아 있다고! 그러니까 흔들어대지 말라고, 살자마자 죽이고 싶어!?]

"으어어어어어어어!"

"주, 주인님! 죄송합니다! 용서해 주십시오! 으어! 으어어어!"

"으어어어어어어……."

제이크는 계속해서 경식을 흔들었고, 뒤따라 나온 슈아가 제이크의 등짝을 후려쳤다.

팡팡!

"어서 놓으라고요!"

"크흑. 제, 제가 그만 주인님을 죽이려 했습니다아아아!"

―안 죽이려면 그러니까 놓으시오, 제이크!

그제야 제이크는 경식의 어깨를 놓았다.

경식은 깨어나자마자 기절할 뻔했다.

"뭐, 뭔가 주마등 같은 게 지나간 것 같은데……."

"죄, 죄송합니다. 너무 반가운 나머지…… 살아 돌아오셨군요, 살아나셨어요!"

"다, 당신 때문에 죽을 뻔하긴 했지만요."

"어흐흐흑!"

"어쨌든 고마워요, 절 데리고 도망쳐 줘서."

경식은 싱긋 웃으며 벌떡 일어나려 하다가 머리가 핑 돌아서 주저앉고 말았다. 게다가 온몸이 굳어서 잘 움직이지 않았다.

"뭐, 뭐죠? 몸이 삐걱거리면서 움직이지 않는데……."

―아마 모르긴 모르지만 사후경직 같은 것일 걸세. 나도 왕년에 이십 일 정도 정신을 잃은 적이 있는데, 아마 그때랑 비슷한 모양이로구먼.

오랜만에 들리는 목소리에, 경식은 찌릿 하고 왕년 노인을 노려보았다.

"어째 오랜만에 보는 것 같습니다?"

그 말에, 왕년 노인이 능글맞게 대답했다.

―10일이나 정신을 놓고 있었으니 당연히 오랜만에 보는 걸세.

"아니 그것보다 더 오랜만에 보는 것 같은데요? 뭐랄 까…… 분명 공작령에서는 같이 있었던 것 같은데, 정작 중요한 곳에서는 못 본 것 같아요?"

―기, 기분 탓일세.

[기분 탓은 아닌 것 같은데? 너 경식이가 털리고 있을 때도 어딘가 가 있었잖아?]

이제야 기억났다는 듯, 구미호가 왕년 노인에게 핀잔을 주었다.

왕년 노인이 당황하기 시작했다.

─그, 그게 으음. 글쎄 왜 내가 안 갔을까? 참 그거 이상한 일 아니오? 내가 왜 그 당시에는 없었지?

그 말에 경식과 구미호는 어이가 없었다. 두 사람이 흉흉한 얼굴로 왕년 노인을 노려보는 동안, 그는 입을 꾹 다물고 딴청을 피웠다.

도대체 무슨 이유가 있는 것일까.

그런 생각을 하고 있을 때, 옆에서 쫄래쫄래 뒤따라 나온 란시아가 경식 앞에 섰다.

"이제 정신이 좀 드니?"

그 말에는 왠지 모르게 애정이 느껴졌다.

많이 걱정했다고 말하는 눈빛.

"걱정 많이 했어, 꼬맹아."

경식이 웃으며 란시아에게 고마움을 표하려는 그때, 그녀가 경식의 몸을 꼭 끌어안았다.

"저, 저기 아무리 그래도 이건⋯⋯."

하지만 그것은 경식이 상상(?)하던 상황이 아니었다. 경식은 자신의 몸에 채워져 있던 장구들이 하나둘씩 벗겨지는 것을 느끼며, 란시아가 무엇을 걱정했었는지 알 수 있었다.

자신이 아닌, 자신의 무구들이었던 것이다.

"이게 벗기려고 해도 안 벗겨지더라고? 분명히 내 것인데! 왜 내 손길을 거부하는지 말이야! 그래서 얼마나 걱정했다고!"

"그, 그러실 것 같아요. 제, 제가 벗겠습니다. 예. 제가 벗겠어요."

경식이 그리 말하며 입고 있던 란시아의 아티팩트들을 하나둘 벗어 주었다. 그제야 란시아는 자신의 아티팩트를 끌어안고 재회의 기쁨을 만끽했다.

"하으응. 누군가의 물건을 훔친 적은 있지만 내 것을 누군가에게 도둑맞은 적은 없었는데, 기분이 오묘하네."

"뭐, 뭔가 교훈이라도 얻으셨길."

머쓱한 얼굴로 그리 말한 경식이 이번엔 슈아가 있는 곳으로 고개를 돌렸다. 그녀는 경식과 눈을 마주치자마자 어깨를 움츠리며 고개를 푹 숙였다. 왜 그런 줄 알기에, 경식은 빙그레 미소를 지으며 아무것도 아니라는 듯 고개를 저었다.

"이렇게 깨어났으니 됐지. 오히려 네가 얼마나 놀랐을지 상상도 안 된다."

"미안해……."

나름대로 당찬 성격의 슈아였지만, 경식에게는 이 말밖에 할 수 있는 것이 없었다.

슈아는 검은 진주에게 몸을 잠식당한 채 경식의 배를 뚫어

버렸고, 급기야는 케헤에게 다시금 몸을 빼앗겨 8서클의 마법을 휘두르며 경식 일행을 방해했다. 슈아는 그것이 미안하고 죄스러운 것이었다.

그녀 역시 마음고생이 심했으리라.

경식은 슈아의 머리를 쓰다듬어 주었다. 청량한 바다처럼 푸른 그녀의 머리카락이 많이도 푸석해졌다.

"괜찮아. 네 의지가 아니었으니까. 그리고 사과해야 하는 쪽은 내 쪽일 거야."

깨어나고, 시간이 조금 지나자 모두 다 기억이 났다.

자신이 어떻게 알스와 싸웠는지. 얼마나 힘의 차이가 났는지.

그리고 어떻게 '죽었는지'에 대한 것이 생생하게 떠올랐다.

그리고 그 패배로 인해 잃은 것이 무엇인지도, 또한 지키지 못한 것이 무엇이었는지도 생생하게 떠올랐다.

"100명의 여인들을…… 지키지 못했어."

알스는 경식을 죽게 만들었던 그 거대한 마법들을 줄기차게 사용했다. 그리고 그것은 모두 100명의 여인들에게서 나온 생체 에너지였다.

그녀들은 지금쯤 모두 생기가 빨려 죽어 있을 것이다.

경식은 자신의 가슴 어귀에 손을 대며 한숨을 내쉬었다.

"진짜…… 거짓말이 아니라, 이곳이 너무 아프네요."

"그것은…… 저도 마찬가지입니다. 아마 스미스…… 아니, 쿠드님보다 더욱 그러하겠지요."

옆에서 부드러운 남자의 목소리가 들려 왔다. 그곳으로 고개를 돌리자, 몰라보게 초췌해진 아란츠가 표현할 수 없는 감정을 담은 웃음을 짓고 있었다.

그것은 우는 것으로도 보였으며, 죽기 직전에 마지막으로 짓는 웃음처럼도 보였다.

'가만히 있으면, 곧 죽을 거다, 이 사람.'

아버지가 죽었다. 동생이 죽었다. 그 동생은 핏줄이기도 했지만, 그가 사랑하던 여인이기도 했다.

그에게서 전부였던 가문 역시 위태로웠다.

이런 상황에서, 도망쳐 나와 경식 일행과 합류하게 되었다.

그의 기분이 어떨지 도저히 상상도 가지 않았다.

경식은 아란츠에게로 다가가 그의 손을 꼭 붙잡았다.

"그 마음을 전부 헤아릴 수 없겠지만…… 힘내요."

그 말에 아란츠는 희미하게 미소 지을 뿐, 아무런 대답도 하지 않았다. 경식 역시 그런 아란츠에게 더 이상 말을 붙이지 못했다.

혼자 생각할 시간이 필요한 것이다.

'나도 지금 기분이 말이 아닌데, 남의 기분을 어떻게 헤아릴까.'

"휴식을 하시고 가시겠습니까, 아니면 지금 바로 가시겠습니까?"

제이크가 불쑥 질문했다.

경식이 고개를 갸웃거리자, 말없이 허공을 가리켰다.

손가락의 끝에는 지금 그들이 올라와 있는 언덕 아래의 풍경이 펼쳐져 있었고, 그 풍경에는 수많은 거리와 건물들. 그리고 그 모든 것들을 둘러싸고 있는 견고한 성곽이 자리 잡고 있었다.

"여, 여긴 어딘가요?"

놀란 경식의 얼굴을 보며 아란츠가 말을 이어 갔다.

"고른 백작령입니다. 저는 이곳으로 가려고 했는데, 마침 목적지가 같더군요. 혁신파의 우두머리 격인 가문이 제 가문이었다면, 제 가문이 믿고 함께 나아가는 수뇌 중 가장 뛰어난 곳이 바로 고른 백작령이었습니다."

간단히 말하자면 같이 반란을 도모하는 이들 중 가장 뛰어나고 믿을 만한 집단이라는 뜻이다.

그리고 경식 일행에게도 역시 고른 백작령은 유일한 조력자였다.

"이곳에 도착한 것은 하루 정도 되었습니다. 주인님께서 일어나시면, 함께 들어가려고 기다리고 있던 것입니다."

[흥. 정말 오래도 기다리게 했어. 다신 안 깨어나는 줄 알고 얼마나 걱정했는지 알아?]

구미호의 말에, 경식은 싱긋 웃으며 자리를 박차고 일어났다.

"들어가죠. 우리를 반겨 줬으면 좋겠네요."

"아마 반겨 줄 겁니다. 반드시…… 그래야만 합니다."

아란츠 역시 약간의 불안감에 그리 말하였다. 혁신을 도모하던 공작령이 무너진 이상, 최고 기반이 무너진 집단은 쉽게 와해된다.

그러니 고른 백작이 변심했다 한들 전혀 이상할 게 없는 상황인 것이다.

그들을 보자마자 포박해서 황실에 넘길지도 모르는 일이었다.

하지만 가야만 하는 길.

경식 일행은 망설임 속에 발걸음을 옮겼다.

그들은 얼마 지나지 않아 성문에 도착할 수 있었다.

Chapter 2
에리오르슈가의 적자

"흠……."

고른 백작은 허탈한 웃음을 지으며 하늘을 멍하니 바라
보았다. 햇볕이 쨍쨍한 이 시간에는 항상 바쁜 그가, 이렇
게 멍하니 있는 것도 오랜만이다.

오늘 일정은 단 하나밖에 없었다.

바로 귀족들의 비밀 회의였다.

회의는 상당히 길었지만, 그것 때문에 지친 것은 아니었
다.

그 길었던 회의의 내용은 단 하나였고, 그 한 주제를 가

지고 탁상공론이 끝없이 이어졌다.

하지만 의견은 점차 한곳으로 모였다.

쿠데타의 중도포기.

"강단 없는 사람들 같으니라고."

하지만 그렇게 말을 하는 고른 백작의 목소리에도 자신 감이라곤 찾아볼 수 없었다. 자신감이 빠진 곳에는 수많은 번뇌와 허탈함만이 자리 잡고 있을 뿐이었다.

그는 멍하니 허공을 바라봤다. 허공에는 지금껏 굳건하게 비밀세력을 유지하고, 받들고, 불려나갔던 그의 정신적 지주의 얼굴이 드러났다.

"테르무그 공작각하. 어찌 이런 일이⋯⋯."

공작가문이 무너졌다 함은, 반정을 일으키려는 자신들의 세력 전체의 20퍼센트에 해당하는 군사력을 잃었다고 봐도 좋았다.

하지만 실질적으로 잃는 것은 더더욱 컸다.

바로, 공작을 믿고 붙어 있던 세력들의 분해조짐이 바로 그런 것이었다.

"실지로 잃은 것은 40퍼센트. 아니, 그 이상일지도 모르지."

가뜩이나 황제의 군대에 미치지 못하는 상황이다. 하지

만 포기하는 것도 여의치 못하다.

애초에 지금 황제에겐 답이 없다는 생각 때문에 일으켜 세워진 조직이지 않던가?

황제의 미친 정치를 계속해서 묵인한다면, 정말 이 나라의 미래는 없다고 봐도 좋은 것이다.

"하아! 어찌하면 좋단 말인가."

귀족 세력을 지지하고 있던 에리오르슈 가문이 패망했다.

귀족세력은 정신적 지주를 잃었다.

그것을 와해하지 못하게 붙들어 놓은 것이 바로 테르무그 공작가문이었고, 공작가를 주축으로 반란세력이 암암리에 결성되었다. 그리고 그 세를 불려서, 본격적인 쿠데타를 일으킬 즈음이 되었다.

그런 시기에, 테르무그 공작 가문이 사실상 몰락했다.

공작가문이 상했고, 그 바통을 누군가가 이어가야만 한다.

그리고 지금 시점에서 정신적인 바통을 이어받을 적임자는 단 한 명밖에 없었다.

바로 고른 백작 자신이다.

"하지만 나로는 부족하다. 부족해……."

그는 정신적 지주 역할을 하지 못한다. 카리스마나 자신감과 같은 보이지 않는 척도는 말할 것도 없다.

그런 것들을 있게 해 주는 자금력. 군사력. 보급능력이 현저하게 부족했다.

세상을 움직이는 것은 물질적인 것이다. 그런 것이 뒷받침 되어 주어야 물질적이지 않은 것이 강대해지고, 결국 모두의 정신적 지주 역할을 하여 한 단체를 이끌어 나갈 수 있는 것이다.

그리고 오늘, 자신의 역량을 시험해 보았었다.

카리스마가 되는지. 좌중을 압도하는 힘이 있는지.

하지만 실패했다.

그의 주장은 모두를 압도하지 못했고, 오히려 분란만 조성했다. 네까짓것이 무슨 대장 노릇을 하느냐고 따져 묻는 이들도 있었다.

그의 기반은 그런 것들을 이룩해 내기에는 모자랐던 것이다.

"슬프디슬프구나."

어떻게 해야 할지 감도 잡히지 않았다. 정말 반정을 포기하고, 황제 편에 붙어 꼬리나 살랑살랑 흔들고 살아야 하는가?

그것은 죽기보다 싫었다.

"차라리 죽으면 죽었지 그럴 수 없다."

하지만 그럴 수 있는 이들이 쿠데타 세력에 많은 것이 문제였다.

그는 죽었다고 판명이 난 테르무그 공작을 떠올리며 다시 한 번 한숨을 내쉬었다.

"답이 없구나. 답이……."

그리 푸념을 하는 가운데, 누군가가 노크를 해 왔다. 그의 저택에 있는 집사였다.

"백작님!"

"무슨 일인데 이리 소란인가?"

집사의 얼굴은 왜인지 모르게 격앙되어 있었다. 태어날 때부터 함께 했던 집사인지라, 사내의 얼굴표정이 저 정도로 격앙되면 어떤 일이 일어났는지 잘 안다.

"헐헐. 황제의 군대라도 쳐들어왔는가?"

"그것은 아닙니다. 그저…… 그들이 찾아왔습니다."

"그들이 찾아와?"

고개를 갸웃한 백작의 얼굴은 찾아온 누군가의 이름을 듣고는 경악으로 물들었다.

"그들이 살아 돌아왔다고?"

*   *   *

"흠…… 이거 좋은 거지?"

경식은 눈앞에 놓여 있는 끝없는 음식을 바라보며 고개를 갸웃했다.

제이크는 이미 옆에서 우걱우걱 저녁 식사를 하고 있었고, 슈아는 그런 제이크를 바라보며 혀를 찼다.

아란츠는 입을 꾹 다문 채 아무것도 먹지 않았다. 그 옆에서 란시아가 경식을 바라보며 어깨를 으쓱였다.

"좋은 거 아니겠니? 많은 음식이 앞에 있는데."

"으음……."

경식은 지금 고른 백작의 저택에 와서 융숭한 대접을 받는 중이었다. 하지만 그 때문에 경식의 마음은 뒤숭숭했다.

갑작스럽고 비굴하게 찾아온 반면, 깜짝 놀랄 정도로 귀빈 대접을 받고 있으니 찜찜할 만도 했다.

구미호가 경식이 음식을 먹는 모습을 흐뭇하게 바라보며 말했다.

[이런 대접이 싫은 거야?]

"싫다기보다는 불안하지. 뭐랄까…… 돼지를 잡아먹을 때 배불리 먹인 다음에 잡는다고 하잖아? 왠지 그런 느낌이 나서⋯⋯."

—그런 일은 없을 걸세. 그렇게 성정이 나쁜 사람으론 보이지 않았다네.

"그렇다면 다행이지만요."

경식은 그리 말하며 아란츠를 바라보며 말했다.

"좀 드시는 게 어때요? 밥을 먹어야 힘이 나지요."

그 말에, 아란츠는 쓸쓸하게 웃었다.

"밥을 먹을 자격이 없습니다. 저 같은 놈은⋯⋯."

"아니 그렇지 않은데⋯⋯ 흐음."

"놔둬. 어차피 배가 고프면 먹게 되어 있어. 이대로 죽을 생각은 아니잖아요. 그렇지 않나요?"

란시아가 싱긋 웃으며 그리 말하자, 아란츠는 걱정해 줘서 고맙다는 표현만 할 뿐, 가타부타 말이 없었다.

'하긴. 얼마나 상심이 클까.'

그는 하루아침에 아버지와 여동생을 잃었다. 동시에 사랑하는 여인까지 떠나보냈으니, 아란츠의 저런 반응은 사실 당연한 거였다.

아란츠는 밥을 먹는 대신 경식을 바라보며 말했다.

"그런데, 제가 있다는 것을 고른 백작이 알고 있겠지요?"

"글쎄요? 아는 사이 아닌가요?"

"아버지 따라서 몇 번 본 적이 있는 분이시죠. 그런데 그 분이 직접 오신 적이 없으니, 모를 가능성도 큽니다. 그러니, 더욱 조심해야 합니다."

"조심이요?"

"그렇습니다. 상당히 조심을 해야 하지요."

아란츠가 그리 말하며 목소리를 낮췄다.

"저는 쿠데타 세력의 주축이었던 공작 가문의 적자입니다. 그리고 저희 가문은…… 망했지요."

"무슨 말씀이신지요? 쿠데타……요?"

"으음. 모르고 계시는군요."

아란츠는 자신이 인지한 상황을 간략하게 설명에 들어갔다.

"정말 간략합니다. 지금의 황제는 미쳤고, 그것에 치가 떨린 몇몇 세력이 쿠데타를 일으키기 위해 알음알음 세력을 키우는 중이었죠. 그리고 그 주축이 되는 것이 저의 테르무그 가문이었습니다. 그리고 고른 백작가 역시 쿠데타의 공모세력 중 하나이고, 오히려 주축이 되었었지요."

"아아……."

순간 경식은 일전에 고른 백작이 했던 말을 기억해냈다.

반란의 세력을 알음알음 찾아 모으는 중이라던 그의 진중한 표정.

　그때는 그 혼자만의 생각인 줄 알았는데, 알고 보니 그 세력이 꽤나 거대했던 모양이다.

　그리고 아란츠는 그 주축이 되는 테르무그 공작가의 적자이다.

　"그렇다면 더더욱 반겨야 정상 아닌가요?"

　그 말에, 아란츠가 묵묵히 고개를 저었다.

　"주축이 무너진 이상, 살려고 발버둥 치려는 세력이 있을 겁니다. 그리고 백작 역시 그러지 말라는 보장이 없는 겁니다."

　"아…… 그렇게 되는군요?"

　"쿠데타를 이어갈 자라면 지금은 좋은 신호입니다. 하지만 황제에게 붙을 것이고, 그러려고 이렇게 잘 해 주면서 묶어 두는 것이라면……."

　아란츠의 눈동자에 얼핏 살기가 비쳤다가 사라졌다.

　"나름대로의 방법으로 이곳을 탈환하고, 다시 시작해야 합니다."

　"흠, 그럴 사람은 아닌 것 같은데 말입니다."

　경식의 말에, 아란츠가 제발 그랬으면 좋겠다는 듯 고개를 끄덕였다.

"그러길 바라야지요."

그들은 밥을 먹고, 좋은 침대에서 몸을 뉘였다.

그때까지도 백작은 그들을 보러 오지 않았다. 그저 대접만 잘 해 줬을 뿐, 직접적으로 얼굴을 비추지 않은 것이다.

이튿날이 밝았다.

경식은 쉬는 김에 아란츠와 함께 검술 훈련을 했고, 제이크 역시 둘에게 훈수를 두며 제법 즐거운 시간을 보냈다.

하지만 그러한 시간을 보내면서도 가슴 한편에서 불안감이 스멀스멀 올라왔다.

이틀째, 백작은 경식 일행을 보러오지 않았다.

그리고 그러한 궁금증이 불안감으로 완전히 뒤바뀔 무렵.

백작가의 집사인 켄트가 그들을 찾아왔다.

"백작님께서 좋은 술을 따신다고 하는군요. 여러분들을 초대하고 싶어 하십니다."

응했다. 응하지 않을 이유가 없었다.

하지만 마음 한구석으론 마음의 결정을 내려야만 했다.

그가 적인지, 아군인지.

적이라면 어떻게 할 것인지에 대해서 말이다.

경식 일행은 일어나 백작의 집무소로 향했다.

백작가에 온 지 3일째 밤에 일어난 일이었다.

*   *   *

"흠…… 정말로 자네들이로군. 아 물론 가짜라는 생각은
안 했었네만, 이런 시기에 오다니 말이야."

경식 일행을 맞은 고른 백작의 첫 마디였다.

"다시 만나게 되어 영광입니다."

"나야말로…… 으음. 일단 앉게. 다른 이들도 모두 앉게
나."

그 말에 경식과 제이크, 슈아와 란시아. 그리고 아란츠가
원탁에 빙 둘러 앉았다.

고른 백작은 모두의 면면을 바라보다가 아란츠를 유심히
바라보더니 말을 이었다.

"못 보던 얼굴이 보이는군. 여행 중에 새로이 만난 동료
인가?"

백작은 아란츠를 알아보지 못하고 있었다.

사실 당연하다면 당연한 것이, 아란츠는 지금 슈아가 걸
어준 마법의 힘으로 얼굴을 변장한 상태였다. 그가 알아보

는 것이 더욱 이상한 상황이다.

"예. 이번 전투에서 저에게 많은 도움을 준 사람이고, 사정이 생겨서 동행하게 되었습니다."

경식의 말에, 백작은 선뜻 고개를 끄덕였다.

"그렇군, 쿠드 군의 동행이라면 언제든지 환영이지."

"만나 뵙게 되어 영광입니다."

변장한 아란츠 역시 고른 백작의 손을 맞잡았다. 그러고는 백작이 자신을 진짜 못 알아보는지. 그게 아니라면 알면서도 모르는 척을 하는 건지 유심히 살피는 기색이다.

'그런 사람 아니라니까 그러네.'

경식은 조심성 많은 아란츠에게 눈짓으로 핀잔을 주며 백작에게 말을 걸었다.

"저희가 온 지 3일이나 지났네요."

"으음. 그렇지. 3일이나 지났지. 헐헐."

백작은 경식의 말뜻을 알아차리고 멋쩍어 했다.

"3일이나 기다리게 해서 미안하네. 솔직히 말함세. 나는 마음의 준비가 필요했어."

"마음의 준비라니요?"

"흐음."

백작은 의미심장한 표정을 지었고, 아란츠는 품 안에 숨

겨두었던 단검에 손을 가져다 대었다. 그리고 그것은 제이크 역시 마찬가지. 제이크는 그저 주먹을 쥐락펴락하는 것으로 전투 준비를 끝마치고 있었다.

그러는 사이 백작이 벽 쪽으로 향했다. 그곳엔 많은 술들이 진열되어 있었는데, 그중에서 가장 크기가 작은 술병 하나를 들어 올렸다.

"바로 이것을 따기 위해서라네. 오늘이 딱 90년째 되는 날이거든."

경식의 속에서 상황을 지켜보고 있던 푸른 허무가 눈을 부릅떴다.

[허허! 저, 저것은!]

경식이 속으로 푸른 허무에게 속삭였다.

'아는 물건인가요?'

[알다마다. 저것은 '아르데르의 눈동자' 라네.]

'아르데르의 눈동자요?'

옛날에 엄청난 미인이 살았다. 그녀의 이름은 아르데르였다. 아르데르는 뭇 남성들의 마음을 단번에 사로잡는 아름다움을 가졌었다.

그녀는 백작가문의 여식이었고, 그녀를 쟁취하기 위해 많은 남성들이 구혼과 결투를 일삼는 것은 일상이 되어 있었다.

수많은 제력가의 핏줄들이 아르데스에게 청혼을 했지만, 아무도 그녀의 마음을 얻을 수 없었다. 수많은 청년들의 구애에도 마음을 열지 않던 그녀는, 어느 한 사내에게 마음을 빼앗겼다. 아르데르의 부친의 영지에서 술을 빚는 주조장이의 아들인 한스였다.

한스는 건실한 청년이었으며 아버지를 뛰어넘는 주조술을 터득한 희대의 장인이었다.

그런 그는 백작에게 술을 바치기 위해 백작의 저택에 들렀다가 아르데르를 보고 첫눈에 반하고 만다.

하지만 신분의 벽은 너무도 공고했다. 그는 아르데르에게 가까이 가지도, 그렇다고 말을 걸어보지도 못한 채 다시는 보지 못할 그녀를 두고 집으로 돌아와 100일 간을 시르시름 앓게 된다.

물론 아르데르가 그것을 알 리가 없다. 그저 한스가 만든 술을 마시고 감탄을 할 뿐, 한스의 존재를 알지 못한 채 100일의 시간이 지나고 만다.

그러던 어느 날. 아르데르는 저택 안 생활에 지루함을 느끼고는 로브를 뒤집어쓴 채 저택 밖 세상을 즐기기로 마음먹었다.

한참 새롭고 신기한 것들을 보고 즐기던 어느 순간. 해가 저물어갈 때 즈음, 그녀는 익숙하고 달콤한 향기를 맡게 된다.

그것은 바로 주향.

훌륭한 술의 냄새였다.

그 냄새에 홀린 듯 따라간 아르데르는 열심히 술을 주조하고 있는 한스와 마주하게 된다.

아르데르는 로브가 가린 얼굴을 드러내며 말을 건넸다.

"이곳은 술을 만드는 곳인가요?"

그것이 아르데르가 한스에게 한 첫 마디였다.

한스는 그런 아르데르를 보고, 차분하게 말했다.

"당신의 눈동자를 생각하며 술을 만드는 중이었습니다."

"저를 아시나요?"

한스는 그가 아르데르를 처음 본 순간과 그 이후 자신의 삶이 어떻게 변했는지, 참지 못해 당신의 눈동자를 떠올리며 술을 만들고 있었다는 말까지 차분하게 말했다.

아르데르는 그런 한스의 순박한 모습에 감명을 깊게 받았다. 그는 여타의 귀족 자제들과는 차원이 다른 무언가를 가지고 있었다.

세상을 모르는 소녀 같은 아르데르에게 한스는 특별한

존재로 다가왔다.

"이 술은 달콤한가요?"

"감히 당신을 빗대어 만들었습니다."

"호호호. 먹어보고 달콤하면 어쩌지요?"

"그저 웃어주시면 됩니다."

"이미 웃고 있는 걸요."

그녀는 한스가 따라준 술을 마셨고, 그 경이로운 맛에 눈물을 흘리고 만다.

"술을 마시고…… 제가 눈물을 흘렸어요."

물론, 그걸 보는 한스의 눈도 촉촉하게 젖어 있었다.

"죽어도 여한이 없을 만큼 기쁩니다."

"아아……."

술기운 탓일까? 첫 잔을 마셨으니 그렇지는 않을 것이다. 그저 그녀는 한스라는 사내가 마음에 들었고, 특별해 보였다.

그리고 밤은 깊어져 갔다.

잊지 못할 하룻밤은 둘의 나체를 핥고 지나갔다.

그 어떤 명망 높은 귀족의 자제들도 꺾을 수 없었던 꽃을 한스라는 주조장이가 꺾어 버렸다.

그것을 알아 버린 아르데르의 부친은 눈이 뒤집혔다.

당장에 아르데르를 독방에 가두고 한스라는 청년을 죽여 버렸다.

그것을 안 아르데르는 식음을 전폐하다가 창문에서 뛰어내려 스스로 목숨을 끊고 만다.

이러한 이야기의 아주 흔한 결말이다.

문제는 그 후부터였다.

그 당시 한스가 만들던 술의 양은 작은 병으로 300병 정도 되었다.

집을 철거하라는 명령을 받고 온 병사들은, 그 술을 훔쳐 마시고는 감탄을 하고 만다.

"이런 미친 술이 다 있다니!"

"다 버리고 태워버리라는데…… 이걸 그럴 수 있겠어?"

그들은 몰래 술들을 빼돌렸다. 그들의 생각으로는 비싼 가격이지만, 이 술이 지닌 진정한 값어치에 비하면 턱없이 부족한 가격에 모든 술들이 팔려나갔다.

그 이후, 모든 사실을 안 백작이 경비들을 죽이고 그 술들을 회수하려 했지만, 이미 많은 사람들에게 소문이 파다하게 퍼진 뒤였다.

결국 어느 욕심 많은 귀족이 그 술을 대부분 사들인 뒤로, 몇 병 회수하지 못하고 사건은 잠잠해졌다고 한다.

[그리고 오늘이 딱 90년째 되는 날이로구려. 아아, 저러한 술이라니. 믿겨지지가 않소! 그 술이 남아 있다니!]

푸른 허무는 그답지 않게 흥분하며 열변을 토해 냈고, 경식은 머리를 긁적이며 그러려니 했다.

'술이 거기서 거기지 뭐.'

사실 경식은 술이란 것을 먹어본 적이 없는, 착한 고등학생이었기 때문에 별로 감흥이 없었다.

하지만 다른 이들은 그렇지도 않은 모양이다.

"이게 정말 아르데르의 눈물인가요?"

가만히 있던 란시아가 눈을 휘둥그레하게 뜨며 신기해했다.

"당연하지. 무어라고 거짓말을 하겠는가."

"오늘 따시는 거죠?"

"헐헐헐. 음…… 그러려고 불렀네만."

백작은 푸념 섞인 미소를 지어 보였다.

90년 된 최상급의 술.

"사실 100년까지 기다리려 했지. 그리고 이것을, 나와 모두의 숙원을 이룬 후 개봉하려 했었네. 그때쯤이면 숙원을 이루고, 안정기에 접어들 줄 알았어."

분위기가 무겁게 깔렸다.

"그 대업이라는 것이 궁금하지 않나?"

물론 대답을 듣자고 한 말은 아닌 듯했다. 고른 백작은 여섯 잔에 술을 부으며 말을 이어 나갔다.

"내가 전에 말을 했었지. 황제를 끌어내릴 거라고 말일세."

"들은 기억이 납니다."

"그 암암리에 불려 나갔던 세력은, 이미 힘을 키워서 황제의 세력을 위협할 정도로 거대해져 있었네. 처음엔 나라에 대한 충의가 있는 이들만을 선별했네만, 그런 이들만으로는 세력을 더 이상 키울 수가 없는 때가 왔어. 그래서 대가 약한 이들 역시 세력에 가담시켰지. 물론 정신적 지주였던…… 테르무그 공작각하가 계시니 문제가 없었지. 황제의 세력보다는 약하지만, 어디 쉬운 혁명이 있겠는가? 붙어 볼만 했다는 것이 중요했지."

"그런데, 테르무그 공작령이 몰락했지요."

누군가가 백작의 말을 중간에서 끊었다.

고른 백작은 알아보지 못하는, 아란츠였다.

백작은 처음 보는 이가 자신의 말에 끼어들자 언짢은 표정을 지었지만, 화난 내색 없이 순순히 고개를 끄덕였다.

"그렇지. 정신적 지주가 무너졌지. 그래서 하나둘 뿔뿔이 흩어지려고 하고 있다네. 이번에 회의를 하기로 하고 모인 인물들 역시 전체에 70퍼센트밖에 되지 않았다네. 그리고 그들 중 70퍼센트는 다들 회의적인 입장이야. 승산이 없는 싸움에 가담하기 싫은 것이지."

"당신도 그렇게 생각하십니까?"

아란츠가 추궁하듯 물어 왔다.

고른 백작은 기분이 나쁠 법도 하건만, 고개를 회회 저을 뿐 별다른 언짢은 기색은 없었다.

"사실 나도 나의 마음을 잘 몰랐었네. 자네들을 3일 동안 기다리게 한 것도, 나의 마음을 정하기 위해서였지. 물론 자네들이 왔다는 소식을 듣기 전부터 계속 고뇌 중이었네만. 때마침 자네들이 오더군."

애초부터 이길 확률이 적은 싸움이었다. 그런데 공작 가문이 몰락하고 더더욱 군사력이 낮아졌다. 그러고는 뿔뿔이 흩어지려 하니, 여기서 모두가 나가떨어지면 쿠데타 군에 미래는 없다.

그런 상황에서, 백작의 고민 또한 컸으리라.

"그리고 나는 결정했네."

백작은 그렇게 말하며 경식에게로 다가가 그의 손을 꼬옥 잡았다.

"쿠드. 자네가 있어 준다면, 나는 끝가지 가 볼 생각이라네."

"그게 무슨 말씀이신가요?"

"이 단체에 필요한 것은 정신적 지주라네. 상징적으로 의지할 만한 사람도 필요하지. 그리고 그것은 자네가 될 수 있어. 자네는 에리오르슈 가문의 적자이지 않은가?"

그 말에, 계속해서 듣고만 있던 제이크가 눈을 부릅뜨며 고개를 끄덕였다.

"주인님이야말로 에리오르슈 가문의 적자가 맞지요!"

"흐음……부정할 수가 없네. 그렇지 오라버니?"

그 말에, 경식이 얼떨떨한 얼굴이 되었다.

제, 제가 그럴 수 있을 리가 없잖아요?

라고 말을 하려고 입을 열었었다.

하지만 경식이 그렇게 말하기도 전에, 옆에서 그것을 보고 있던 누군가가 눈을 부릅뜨며 책상을 내려쳤다.

"에리오르슈 가문이라고요!"

바로 변장을 한 아란츠였다.

"스미스 씨. 정말 당신에 에리오르슈 가문의 적자입니까?"

이건 또 무슨 아닌 밤중에 홍두깨 같은 소리인가?

아니, 그 이전에 경식이 더 어이가 없는 것은 아란츠가 아니라 아란츠를 제외한 모두였다.

"제대로 설명 안 해 줬어요?"

물론 경식은 테르무그 공작령에선 스미스라는 이름으로 활동을 했었다. 현상수배가 걸려 있으니, 신분을 숨기기 위해서였다.

그리고 일전의 전투에서 정신을 잃고, 깨어나자마자 아란츠가 옆에 있었다.

모두 설명이 된 줄 알았다.

하지만 그것이 아닌 모양이었다.

슈아가 변명에 나섰다.

"말했어. 스미스가 아니라 쿠드라는 이름이라고."

"그거 말고는 설명을 안 했어?"

"할 필요가 없을 것 같아서."

하긴. 현상수배 되어 있는 상태에서 에리오르슈 가문의 적자라는 말을 해서 얻을 게 없기는 하다.

그래서 말을 안 한 거고, 이렇게 본의가 아니게 드러난 것인데, 그것을 듣고 아란츠가 놀라워하는 것이다.

그리고 그도 그럴 것이, 테르무그 공작령은 에리오르슈 가문이 몰락한 뒤 그 자리를 대신하여 귀족 세력들을 이끈 가문이다.

쿠드가 에리오르슈 가문이란 걸 알았다면, 테르무그 가문에서 감금당하거나, 공작에게 홀대를 당하거나 할 일은 전혀 없었을 것이다.

그것을 설명하며 아란츠가 한숨을 내쉬었다.

"당신들을 가두거나 하지도 않았을 것이고, 죽이려고 하는 짓은 더더욱 하지 않았을 아버지이십니다."

"으음……."

"아니 잠깐. 지금 무슨 소리들을 하고 있는 겐가?"

갑자기 공작령 이야기가 나오자 고른 백작 역시 묘한 시선으로 둘을 바라본다.

변장을 했던 아란츠는 슈아를 바라봤다.

"제 모습을 원래대로 돌려놓아 주십시오."

"알겠어요."

분위기를 읽은 슈아가 빙긋 웃으며 아란츠에게 건 마법을 풀었다. 그러자 아란츠 본연의 얼굴이 드러났다.

그것을 본 고른 백작의 눈이 화등잔 만하게 커졌다.

"다, 당신은?"

놀라워하는 백작을 앞에 두고, 아란츠가 묵묵히 고개를 숙여 사과했다.

"모습을 숨겨서 죄송합니다. 하지만 제가 이랬던 이유를 아시리라 믿습니다."

"……."

아란츠의 사과에 고른 백작은 가타부타 말이 없었다.

그저 멍하니 천장을 바라보며 생각에 잠겨 있는 듯, 옆에 있는 이들을 맘 졸이게 했다.

곧이어 그의 입이 열렸다.

"헐헐. 에리오르슈 가문의 적자와, 살아남은 공작님의 아들이라. 하늘도 이 제국을 버리진 않으시는군. 어쩌면, 뿔뿔이 흩어지려는 모든 이들의 마음을 다시금 모을 수 있을 것도 같네."

무너지는 하늘 속에서 솟아난 구멍이라도 찾은 듯,

그의 입가엔 웃음이 가득했다.

*   *   *

이튿날. 귀족들의 회의가 시작되었다.

총 27명의 영주가 거대한 원탁에 빙 둘러앉아 서로의 얼굴을 주시하기만 했다.

물론 가장 많은 시선을 받는 것은 고른 백작이었다. 그의 저택에서 열린 회의이기도 했고, 그나마 가장 큰 군사력과

보급능력이 있는 자 역시 그였기 때문에, 이렇게 힘든 시기에 모두를 이끌 이는 아무래도 고른 백작밖에 없다는 판단에서였다.

물론 그것은 27명 중 10명 정도의 영주들의 생각이었다.

나머지 영주들은 다른 의미에서 백작의 얼굴을 간절히 바라보고 있었다.

'차마 연맹을 깨자고는 말 못하겠으니 네가 네 입으로 말해 줘.'

'연맹을 끊고 각자 살길을 도모하자고!'

'어차피 이대로는 죽잖아! 공작도 죽은 마당에 우리라고 별수 있나?'

대부분의 눈빛이 그렇게 말하고 있었다.

그것을 모두 받아내는 백작의 얼굴에도 암영이 드리워졌다.

'이 위기를 기회로 바꿔야 한다.'

고른 백작은 그런 생각을 하며, 그의 앞쪽에서 묵묵히 백작을 바라보고 있는 중년인 한 명을 예의 주시했다.

백작은 그의 얼굴을 모르지만, 그의 눈빛과 기개만 봐도 누군지 단번에 알아차릴 수 있었다.

바로 아란츠.

슈아가 변장 마법을 걸어준 아란츠가 바로 눈앞의 중년 인이었다.

끄덕.

백작과 눈이 마주치자, 아란츠가 고개를 끄덕인다.

백작 역시 그 시선을 받으며 자신감을 되찾았다.

탁—

그가 가볍게 탁자를 치며 자리에서 일어났다.

"모두들 이곳에 모인 이유를 알 것이오. 우리는 대책을 마련하러 왔소. 그리고 4일 전 회의를 하였지. 물론 그 길 고 지루한 회의 끝에 내려진 결론은, 아무것도 없었소. 4일 간의 시간 동안, 그대들의 생각은 어떻게 바뀌었소? 내가 원하는 쪽으로 바뀌었으면 좋겠소만."

그때, 옆에서 불만어린 시선으로 백작을 뚫어지게 바라 보고 있던 초로의 노인이 눈을 부라리며 벌떡 일어났다.

"우리가 하루 남짓 토론을 한 주제는 단 하나였소. 그 주 제를 바꾸지도, 그리고 희석시키지도 마시오. 우리는 쿠데 타에 가담하느냐, 가담하지 않느냐. 계속 나아가느냐, 계속 나아가지 않느냐에 대한 토의를 하러 온 것이 일찌감치 아 니었단 말이오!"

타앙!

"단지 우리는 살아남느냐, 자살하느냐 두 가지 선택 중에서 갈등하고 있었던 것이오. 그리고 그 답은, 당연히 살고자 함 아니겠소? 모두들 아니 그렇소?"

술렁술렁.

주변의 분위기가 급격하게 바뀌기 시작했다. 바로 '살기 위해서'와 '자살'이라는 단어를 듣고 모두가 이 상황에 대해서 동의하고, 늙은 귀족이 말하는 말에 귀를 기울인 것이다.

듣고 있는 백작 입장에선 이가 갈리는 것이었다.

'저 늙은 영감⋯⋯.'

저 영감은 바로 그람트 후작이었다. 테르무그 공작이 살아 있을 때부터 테르무그 공작의 영향력을 시기해 왔고, 알게 모르게 자기 사람을 만들려고 단체 내에서도 암암리에 조직을 형성해 오던 자였다.

'공작께 내가 그렇게 말렸건만⋯⋯.'

그람트 후작의 시커먼 속내를 알고 있는 백작은 공작에게 그의 위험성을 충분히 알렸다. 그리고 공작 역시 후작의 약은 속내를 모두 꿰뚫고 있었기에 그를 받아들일 수 있었다.

―백작. 백작이 염려하는 바를 모르는 게 아니지. 하지

만 그람트 후작은 아무것도 할 수 없소. 적어도 내가 굳건히 버티고 있는 한은 말이오.

'그렇게 말하던 공작님의 자신 있어 하던 얼굴이 떠오르는군요. 하지만 지금 당신은 없고, 우려하던 일이 발생하고 있습니다.'

백작은 그런 생각을 하며 고개를 회회 저었다.

"앞서도 말했지만, 이곳에 모인 모든 이들은 쿠데타에 가담한 이유가 거의 같지요. 바로 지금 황제에겐 미래가 없다는 것이었습니다. 이대로 가다간 황제를 제외한 모든 귀족들이 몰락하게 돼요. 아니, 마도국에 제국 자체가 먹힐지도 모를 일입니다. 그런 상황 때문에 모두가 뭉친 상황인데, 어차피 쿠데타에 성공하지 못하면 지금 죽으나 나중에 죽으나 마찬가지라는 소리지요."

"그것참 말 잘했소. 지금 죽으나, 나중에 죽으나. 어차피 죽는 거라면, 나는 나중에 죽는 것을 선택하고 싶소만. 아니 그렇소, 다들?"

그 말에, 모두들 대놓고 내색은 하지 못했지만, 동의한다는 듯 알게 모르게 고개들을 끄덕이고 있었다.

그리고 그중 몇 명은 조용히 손을 들어 올렸다.

후작의 의견에 적극 찬성한다는 반증이었다.

"나도 후작님의 의견에 찬성하오."

"지금 죽으나 나중에 죽으나? 웃기는 소리."

"지금 가담하면 죽고, 지금이라도 꼬리를 내리고 황제폐하의 밑으로 들어가면 살 것이오."

"애초에 들키지 않으려고 비밀로 조직한 곳이오. 그러니 이런 비밀조직 따위, 사라져 버리면 아무도 모르지."

'작당세력들이로군.'

분명 저들은 후작에게 감화당한 이들일 것이 분명했다. 과연 후작은 그들의 말을 들으며 만족스럽다는 듯 고개를 끄덕였다.

그러고는 모두를 바라보며 말을 이어 간다.

"들으셨소? 모두 사실이오. 애초에 비밀조직이었지. 이제 이 비밀을 묻어버릴 때가 되었다고 말하고 있는 것이오. 모두들, 그렇게 생각하지 않으시오?"

술렁술렁.

모두가 소리 없는 대화를 시작했다. 눈짓으로 서로를 바라보며, 어떻게 생각 하냐는 듯 눈을 추켜세우고, 고개를 젓거나 고개를 끄덕인다.

그람트 후작이 고른 백작에게 삿대질을 하며 눈을 부라렸다.

"어찌 자네의 가당찮은 꿈에 모두를 죽음으로 몰아넣으려는 것인가! 죽으려면 혼자 죽어라!"

그렇소!

왜 우리까지 지옥으로 데려가려 하는가!

황제폐하 만세!

만만세!

"으으윽……."

백작은 머리가 아파오는 듯 이마를 짚고 한숨을 푹 내쉬었다.

비약이 심하긴 하지만, 아주 틀린 말도 아니었기 때문이다.

그람튼 후작 역시 그런 백작의 표정과 심리상태를 파악했다.

득의에 찬 미소가 지어진다.

하지만 모두가 찬동하는 그때, 자리에서 조용히 일어나 반대의견을 펼치는 이가 있었다.

"참으로 대단들 하시군요. 그렇게 살고 싶습니까?"

바로 아란츠가 변장한 중년인이었다.

"……."

모두의 시선이 그에게로 쏠렸다.

그람트 후작의 눈썹이 역 팔자로 휘어졌다.

"지금 자네는 무슨 말을 하고 싶은 겐가?"

"말을 했음에도 불구하고 그 말을 못 알아들으면서 무슨 말을 하고 싶은 건지 물어보시는 후작님은 무슨 말을 하고 싶은 겁니까, 그럼?"

"자네 지금 이곳에서 그런 이야기를 하는 이유가 뭐야!"

모두의 시선이 사납게 변했다.

아란츠는 그람트 후작의 말을 무시한 채 자신이 할 말을 계속 이어 나갔다.

"뭉치면 살고, 흩어지면 죽는다고 했습니다. 지금은 뭉칠 때이지, 흩어질 때가 아닙니다. 모두들 그걸 잘 아시지 않습니까?"

"하하! 뭉치면 답이 있는가? 테르무그 공작령이 공중분해 된 지금, 머리 잃은 단체가 도대체 무엇을 한단 말이야! 모두가 같이 죽겠다는 건가!"

그 말에, 아란츠가 콧방귀를 뀌었다.

"테르무그 공작께서 살아계실 때, 저희 모두의 군사력은 5만쯤 되었습니다. 소드마스터의 숫자는 2명. 그리고 황제의 군대는 이보다 많은 7만입니다. 소드마스터의 숫자는 3명입니다. 그리고 테르무그 공작군의 세력이 와해된 지금, 모두의 군사력은 4만 즈음 되고 소드마스터의 숫자는 한 명이겠군요. 지금 당장은 어떻게 할 수 없는 차이이지만, 모두가 단합한다면 4만의 군사력을 5만으로 회복하는 것은 충분히 가능합니다."

"……."

장내가 상당히 조용해졌다. 자신들도 모르고 있던 군사력의 상세를 정확히 알고 있는 중년인의 정체는 도대체 누구란 말인가?

후작이 눈을 부릅뜨며 아란츠를 손가락으로 가리켰다.

"그렇다 한들 열세인 것은 마찬가지다. 게다가 소드마스터가 아예 없는 실정! 이것은 말 그대로 계란으로 바위를 치는 일이야."

"그것은 해 봐야 아는 겁니다. 당신 같은 겁쟁이가 무엇을 알겠습니까? 해볼 만하겠다 싶으니 황제에게 줄을 대던 당신이 우리 가문을 찾아왔었습니다. 그리고 거의 빌다시피 하여 이 단체에 합류했지요. 이 단체에 흡수되기 위해 당신이 한 짓 또한 알고 있습니다. 황제의 끄나풀이던 당신이 결백을 증명하기 위해서 그동안 함께 하던 옛 동료들을 제 가문에 밀고하고, 우리 가문은 수월하게 그들을 척결하여 세력을 공고히 할 수 있었던 것을 기억합니다."

그 말에, 후작을 따라 손을 들어 자신의 의견을 피력하고 있던 몇몇 하위 귀족들의 눈동자가 몰라보게 흔들리기 시작했다.

후작의 눈이 크게 부릅떴다.

"……무, 무어라? 네, 네놈 뭐 하는 놈이야!"

"그런 주제에 지금은 이 안에서 세력을 모아 자기 멋대로 움직이려 하고 있습니다. 또다시 황제에게 빌붙을 생각입니까? 그러기 위해서 도대체 몇 명을 팔아넘길 생각입니까? 다섯 명? 열 명? 아니면 전부 다 황제에게 팔아넘길 생각입니까?"

"지금 당장 저자의 입을 막으시오! 뭐하고 있소, 백자아악!!"

하지만 고른 백작은 입을 꾹 다문 채 고개를 저었다.

"저는 그에게 그럴 권한이 없습니다만."

"그게 무슨 소린가. 저런 개소리를 지껄이는데!"

"개소리가 아니니 더욱 그렇습니다."

"지금 나를 의심하는 겐가? 내가 이 단체에 해 준 일이 얼마나 많은데!"

"글쎄요. 회복 가능한 상처에 독으로 작용하여 그 상처를 더 벌어지게 한 공을 말씀하시는 겁니까?"

후작이 주춤하고 있는 쿠데타 세력을 더욱 갈라놓고 있

다는 비아냥이었다.

"자네까지, 나를 의심할 텐가?"

"의심이 아니라 말씀드렸습니다."

고른 백작이 그리 말하며 아란츠와 눈빛을 교환했다. 그리고 서로 고개를 끄덕였다.

아란츠가 품 안에서 스크롤 하나를 꺼내어 찢었다.

바로 디스펠 주문이 담긴 스크롤이었다.

쫘아아악!

아란츠에게 걸려 있던 마법이 풀리며, 중년인의 풍모가 사라지고 20대 초반에 아름다운 미청년이 드러났다.

그 얼굴은, 모두가 잘 아는 얼굴이었다.

단체의 총수 역할을 하던 자의 뒤를 이어받을 사람이었는데, 모두들 모를 리가 없는 것이다.

"의심이 아니라, 확신입니다."

"네, 네, 네놈은……!"

후작의 말에, 아란츠가 무미건조하게 대답했다.

"말씀을 높이시지요. 지금 당신은 테르무그 공작가의 가주를 알현하고 있는 것입니다."

"그, 그건…….."

그의 눈동자가 크게 흔들렸다. 하지만 곧이어 냉정을 되찾고, 비웃음까지 흘린다. 수십 년 동안 이 더러운 정계에서 살아남은 백전노장이 이런 곳에서 쉽게 무너지진 않는다.

"큭. 큭큭큭! 역모가 들켜서 모두를 위험하게 만든 주제에, 지금 와서 총수 노릇을 하시겠다, 이건가? 그것도, 본인은 죽고 새파랗게 어린 그 아들이 말이야? 다들 아니 그런가? 아니 그래!"

후작이 모두를 바라보며 자신의 의견을 피력하려 애썼다.

하지만 더 이상 그의 손을 들어주는 이는, 그 아무도 없었다.

심지어 그와 함께 손을 들고 있던 이들 역시 슬쩍 손을 내리고, 그를 노려보고 있는 실정이었다.

그런 가운데, 묵묵히 이 상황을 지켜보고 있던 말쑥하게 생긴 중년인이 갑자기 손을 들고 대화에 끼어들었다.

"아란츠…… 이젠 공작이라 불러야 합니까?"

모두의 시선이 그에게로 쏠렸다.

중년인은 빙긋 웃으며 그 시선을 담담하게 받아 내고 있었다.

아란츠가 그에게 고개를 푹 숙여 보였다.

"말은 그렇게 했지만, 저는 아직 공작이 아니지요. 가문 역시 풍비박산 난 상태. 되찾을 일이 남았으니 아직은 공작이 아닙니다."

"그렇다면 다행이군. 기억하는가? 나 오르거 자작일세."

"기억하다마다요. 아버지와 함께 당신을 설득하느라 힘이 들었던 걸 아직도 기억합니다."

"그런 제가 지금에 와서도 이렇게 쿠데타를 반대까지 하고 있었으니, 그리 심기가 좋지만은 않았을 것 같군."

그 말에, 아란츠는 아무 말도 하지 않았다. 생각 없고 여과가 없이 바로 말을 내뱉기에는 오르거 자작이 가지고 있는 힘의 크기가 막대했다.

재정이나 군사력을 보자면, 그는 다른 여타 영주들보다 조금 뛰어날 뿐 크게 메리트가 없다.

하지만 인맥과, 그 성정 면에서 보면 이야기가 달랐다. 그는 항상 근면성실 했으며, 묘한 카리스마를 가졌다. 때문에 주변에 알음알음 알고 지내는 영주들이 많고, 평판 역시 상당히 좋았다.

말하자면 인기인.

게다가 개인의 무력 역시 소드마스터에 위치해 있어서 후에 일어날 전투에서도 큰 역할을 할 수 있는 대장부였다.

그 때문에 테르무그 공작은 그를 영입하느라 고생 깨나 했었다. 정말 유용하고 훌륭한 인재인데, 보수적인 성격 탓에 좀처럼 행동에 나서지 않는 것이 문제였다. 그래서 그를 회유하는 데에 꽤나 힘들었던 기억이 난다.

하지만 일단 마음을 굳힌 그는 무서웠다. 비밀 회합을 할 때마다 그를 지지하는 세력이 늘어났고, 그의 나이 대에서는 그가 결정권자라고 할 수 있을 정도로 많은 영향력을 끼친다.

게다가 쿠데타를 일단 성공시키겠다는 일념 하에 휘두른 검의 횟수와 땀방울의 수는, 그를 최상급에서 소드마스터로 이끌었다. 그 덕분에 그는 테르무그 공작과 더불어 쿠데타 세력의 두 소드마스터로 자리매김하고 있었다.

그런 그가 지금까지는 침묵을 지켰다. 아니, 지금 상황에서의 침묵은, 쿠데타는 시기상조라 여기고 있다는 것과 마찬가지였다.

아란츠는 오르거 자작을 보며 당치도 않다는 듯 고개를 저었다.

"승산이 없으면, 당연히 부정적으로 변하는 것이 맞지요. 저는 충분히 이해하고 있었습니다."

"하지만, 그런 것치곤 당신은 쿠데타를 일으키자고 지지

하고 있군?"

"그렇습니다."

"혹시 공작각하가 살아계시거나, 그것도 아니라면 공작 각하의 세력이 반이라도 남아 있는 것인가?"

"그것도 아닙니다."

반짝거리던 오르거의 눈빛이 약간은 흐려졌다.

"그렇다면 당신이 왔다고 해서 달라지는 것은 아무것도 없네."

그 말에 힘을 얻은 후작이 눈을 부라리며 피를 토해내듯 외쳤다.

"맞네! 정말이지 하나도 없지!"

그 말에, 오르거 자작의 눈빛이 싸늘해졌다.

"당신은 가만히 계시지요. 지금 이 민감한 시기에 그 더러운 입을 열지 않는 것이 좋겠습니다."

"……자네. 지금 뭐라고 했는가?"

"닥치라고 했습니다."

그 말에, 그람트 후작이 눈을 부라리며 뒷목을 잡고는 주변을 둘러본다.

"지, 지금 들었는가? 감히 자작 따위가 후작인 나에게 저런 언사를 하다니! 소드마스터가 되면 눈에 보이는 것이 없는 모양이야!"

"눈에 뵈는 게 없는 건 당신이지. 지금 제대로 주변을 둘러보고 말을 해 주겠소?"

그 말에 그람트 후작은 주변을 둘러봤다.

모두가 자신을 경멸어린 시선으로 바라보고 있었다.

황제파에 있다가 이곳으로 깃발을 바꾼 그람트 후작. 그는 타고난 수완으로 인해 자신의 편을 만들고, 쿠데타 세력 내에서 자신의 입지를 공고히 해나간 것이 사실이다.

중요한 건, 황제파에서도 그런 식으로 세력을 공고히 해왔다는 것이고, 그 당시에 가깝게 지내던 모든 이들이 공작과 쿠데타 세력에 당해서 알게 모르게 암살당했다는 것이다.

"그 당시엔 어떻게 그렇게도 정확히 암살자를 보내나, 역시 공작님이시군 하며 감탄했었소. 하지만 알고 보니 당신이 모두 밀고를 한 것이었군."

"그, 그것은 오해……."

아란츠가 고개를 저었다.

"차라리 손바닥으로 하늘을 가리시지요, 후작."

"……."

진심을 준비되지도 않은 상황에서 들켜버렸다. 게다가

들키면 상당히 큰 반향을 일으키는 거대한 진심을 들켜버렸다.

발가벗겨진 것보다 더한 기분.

후작의 부르르 떨리는 몸과 눈동자로, 후작의 속내를 모두 읽어버린 이곳의 모든 이들은 후작을 찢어 죽일 듯 노려보고 있다.

후작은 고개를 회회 저으며 외쳤다.

"경비병들은 그람트 후작을 정중히 귀빈 대접실로 뫼셔라. 첩자로 판명된 이상, 이곳에 둘 수도 없는 노릇이지."

"이, 이게 무슨 짓이오! 놔라! 이거 놓지 못하겠는가! 나에게 이러면 아니 되오. 모두 오해야!"

"무엇들 하느냐! 끌어내!"

그람트 후작을 처음엔 정중하게 대하던 병사들도, 그의 저항으로 인해 그를 제압하듯 거칠게 끌고 나갔다.

그가 나가자, 이번엔 그람트 후작을 지지하던 이들이 눈치를 살피며 수그러들었다.

오르거 자작은 그들을 한 번씩 노려본 후, 다시금 평온한 얼굴로 돌아와 고른 백작에게 고개를 푹 숙였다.

"백작님, 죄송합니다. 저도 모르게 화가 나서 무례를 범하였군요."

"다 이해합니다."

"넓으신 아량에 감탄을 금치 못할 따름입니다. 그럼 아란츠 군과의 이야기를 계속하고 싶군요."

"부디 계속 해 주게."

고개를 수그렸던 오르거 자작이 고개를 들고 다시금 아란츠를 바라봤다.

"지금 상황은 바뀌지 않았네. 자네가 이곳에 왔다고 달라지는 건 하나도 없어. 물론 조금의 위안과 정신적인 안정감을 얻었다지만, 그것이 이 단체가 회복될 만한 수준은 아니네. 나는 이 쿠데타가 이어져야 할 이유를 아직도 모르겠어. 내가 볼 때, 승산은 없으니 말이야."

그 말에, 아란츠가 이해한다는 듯 고개를 끄덕였다.

"쿠데타가 이어져야 하는 데에는 두 가지 이유가 있습니다."

그리 말하며, 아란츠는 좌중을 둘러봤다.

주변은 바늘 하나 떨어지는 소리마저 들릴 정도로 조용해졌다.

"그 두 가지를 나에게 말해 줄 수 있겠는가?"

아란츠는 그 말을 기다렸다는 듯 입을 열었다.

"좋은 이유와 나쁜 이유. 두 가지가 있습니다. 어느 것부터 들으시겠습니까?"

그 말에, 오르거 자작이 인상을 찌푸리며 주변을 둘러봤다. 주변 인물들도 인상을 찌푸리며 아란츠를 바라보고 있었다.

"나쁜 이유부터 듣는 게 좋겠지. 사람들은 해피 엔딩을 좋아하니까 말이네."

그 말에 아란츠가 빙긋 웃으며 입을 열었다.

"황제는 이 비밀조직의 존재를 알고 있습니다. 물론 이 조직에 가담한 세력들 역시 파악하고 있지요."

"!!!!!!"

모두가 눈을 부릅뜬 채, 아무 말도 하지 못했다.

"죄송합니다만, 가장 머리 격이 되는 저희 가문이 당했습니다. 그 비밀장부가, 황제의 손에 없을 거라 생각하셨다면 큰 오산이지요."

물론 아란츠는 사실 비밀장부가 없어졌을 거라는 생각을 하지 않았다. 비밀스러운 곳에 숨겨 놓은 것을 알고, 그곳까지 뒤졌을 리 없다고 생각한다. 오히려 비밀장부가 밝혀졌으면 황제에게 그걸 찾다니 정말 대단하다고 박수를 쳤을 것이다.

하지만 그것을 굳이 말해 안심시킬 필요는 없었다. 지금 이들에게 필요한 건 공포. 그리고 단합이었다.

과연, 그것을 들은 귀족 중 한 명이 자리를 박차고 일어나 아란츠에게 달려들려 하였다.

"이게 다 네놈들 때문이다! 장부가 넘어갔다니! 그럼 우리 모두 다 죽는 것 아닌가!"

하지만 오히려 아란츠가 더 눈을 부릅떴다.

"참으로 웃기고들 계십니다. 죽음을 불사하고 항전하겠다는 의지와 투지는 다 어디로 갔습니까? 지금 보니 모두 말뿐이셨나 봅니다들?"

다른 귀족이 끼어들었다.

"지금 그걸 말이라고 하는가!"

"말이 아니라면 무엇입니까? 공작님 믿습니다. 당신만 믿고 따라가겠습니다. 당신이 말한다면 불구덩이 속이라도 들어가겠습니다! 모두 다 당신들이 입을 모아 외치던 말인데, 이제 머릿속에서 아예 사라진 듯합니다?"

그 말에, 일어났던 두 명이 이를 악물며 아무 말도 하지 않았다.

"오히려 지금이 그때입니다. 죽음을 불사할 때. 불구덩이 속에라도 들어가야 할 때! 궁지에 몰린 생쥐 꼴이 되어서도 고양이에게 산채로 씹어 먹힐 때까지 가만히들 계실 겁니까! 아니면 배고픈 고양이에게 제발 살려달라며 아양이라도 떠시렵니까!"

아란츠의 호통에 오르거 자작이 심각한 얼굴로 말했다.

"그러니까. 우리의 명단이 모두 다 황제에게 알려져 있다, 이것인가?"

"그렇습니다. 저택 자체가 당했으니, 아무리 금고가 튼튼해도 어쩔 수 없었겠지요."

"확실히 확인한 사실인가?"

"확인하러 갔다가는 죽었을 겁니다."

"그럼 확인 안 된 사실이로군."

"확인이 되지 않았다 하여, 달라지는 것이 있는지요. 혹시라도 발견 안 되었을지 모르니 우린 괜찮을 거야, 라는 안일한 생각을 가지고 계시려는 겁니까?"

"끄으응……."

모든 귀족들의 얼굴이 화색이 돌았다가 다시금 죽상으로 돌아왔다. 아란츠의 말은 사실이었고, 민감한 곳을 찌르는 무언가가 있었다.

"우리는 싸울 수밖에 없습니다."

"그렇다면 모두 죽을 것이네. 승산이 없으니 말이야."

"승산이 있다면 어쩌시겠습니까?"

"……?"

"저는 그 승산을 보여주기 위해서 왔습니다. 제가 왔다고 달라지는 것은 없지요. 하지만 이분이라면, 가능할지도 모릅니다."

그 말과 동시에, 기다렸다는 듯 한쪽 문이 열리며 거대한 실루엣이 모습을 드러냈다.

쿵. 쿵.

일부러 힘을 주지 않았음에도 거대한 발걸음 소리를 내고 있는 거구.

짙은 눈썹과 그것보다 더욱 뚜렷하고 짙은 눈동자. 터질 듯한 근육과 구렁이처럼 몸을 타고 꿈틀거리는 핏줄!

그리고 무엇보다,

등 뒤에 비끄러매고 있는 것은, 실물로는 처음 보는 이곳의 모든 이들도 알 수 있을 만큼 도드라지는 특징의 누군가의 성명병기였다

누군가가 씹어뱉듯 외쳤다.

"소울……이터!"

오르거 자작 역시 눈을 부릅뜨며 제이크와 눈을 마주쳤다.

"당신. 내가 생각하는 그분이 맞는 겁니까?"

"……."

제이크는 그 말을 무시하며 좌중을 바라봤다. 그러고는 소리쳤다.

"근성이 없는 것들아! 지레 겁먹고 꼬리를 말려는 너희들을 보니 목을 따서 주인님께 바치고 싶은 마음뿐이로구나! 너희들은 으리라는 것이 없는 것이냐!"

우르르릉!

찻잔에 있던 차가 떨림으로 인해 사방팔방 튀었다. 들고 있던 찻잔을 떨어뜨려 깨지는 소리가 나고 난리도 아니었다.

그런 와중에, 오르거 자작은 제이크와 눈을 마주치며 그 기운을 모두 받아 내고 있었다.

역시 소드마스터는 달랐다.

'나는 강하다.'

그리고 눈앞의 제이크를 바라보며 다시 한 번 생각했다.

'이자는 더욱 강하다!'

그는 제이크라는 사람의 소문을 빠짐없이 들었다. 아니, 듣는 정도가 아니라 찾아서 알아볼 정도였다.

그는 제이크에게 깊은 관심을 품었었다.

지금의 10대 소드마스터가 있기 전. 제이크가 활약할 당시엔 제국에 소드마스터가 16명이었다.

제이크라는 자가 세간에 알려지고, 다른 소드마스터들과 결투를 하면서부터 소드마스터가 줄어갔다.

죽이려고 죽인 것은 아니다.

목숨을 건 대결이란 것은 바로 그런 종류의 것이었을 뿐이다.

물론 에리오르슈 가문의 가주인 라무를 만나 무참히 깨진 후, 에리오르슈 가문의 종복으로 전락했다고 밝혀졌지만, 그 당시의 오르거는 그것이 전락이라고 생각되지 않았다.

과연, 수 년 후 나타난 제이크는 이전보다 강해져 있었다.

물론, 그때부턴 개인이 아니라 에리오르슈라는 단체에 속해져 있고, 가주의 명령만 따랐기에 더 이상의 대결은 없었다.

제이크와 대결 중 죽다 살아나거나, 죽은 소드마스터의 자손들이 복수하겠답시고 에리오르슈 가문의 문을 두들길 때에도, 제이크를 볼 수는 없었다.

모두가 그가 약해졌거나, 힘을 모두 빼앗겼으리라 보았다.

하지만 그러한 소문들은 에리오르슈 가문이 망하는 날 산산히 부서지고 만다.

데스워리어.

마도국에서 만들어 낸 최고급 데스워리어는, 능히 소드마스터 한 명을 상대할 수 있다고 전해진다.

그리고 그 데스워리어를 혈혈단신으로 상대하여, 파괴시켰다.

무려 8마리를 말이다.

아무리 데스워리어가 고평가 되었다 하더라도, 8마리라면 능히 소드마스터 5명 정도와 견주어도 손색이 없는 무력.

그것을 혼자서 막아 내고, 심지어 파괴시키까지 하였다.

게다가 가문이 망하는 와중에도 탈출에 성공했다.

그런 제이크가, 눈앞에 굳건하게 서 있었다.

꿀꺽.

오르거 자작은 왜인지 모를 불안과 설렘을 동시에 느끼며 말했다.

"살아계셨군요."

그 말에 제이크가 오르거에게 시선을 옮겼다.

"흐음! 근성 있는 이로군."

"칭찬으로 듣지요."

"하지만 으리가 없다. 너희는 으리가 없어!"

"……."

오르거는 이 상황을 이해하고, 제이크가 생각하는 바를 유추하여 말을 이어 갔다.

"지는 상황에서 덤벼드는 것은 만용입니다."

"그것은 그렇다."

제이크도 인정했다.

"그리고 지금은 지는 상황입니다."

"안 지게 만들면 된다."

"어떻게 말입니까?"

그 말에, 제이크가 씩 웃으며 이 세상의 진리를 전해 줄 테니 똑똑히 들으라는 투로 말했다.

"근성으로 메운다."

"허!"

이 얼마나 쉬운 말인가?

어이가 없어하는 가운데, 제이크가 오르거와 주변 인물들의 면면을 보며 고개를 회회 저었다.

"하지만 너희는 근성이 없다. 왜냐면 으리가 없기 때문이다."

"지는 상황에서 죽음을 불사하고 달려드는 것이 의리가 없는 것입니까?"

"의리가 없는 것은 아니다. 으리가 없을 뿐!"

"도대체가……."

그가 그러건 말건 제이크의 이야기는 계속되었다.

"의리는 누구나 가질 수 있다! 누군가와 함께하는 마음! 의리! 하지만 그것뿐이다. 이러한 상황에 봉착하면 모두가 피하고, 지레 겁먹고 포기하고 말지."

"그렇다면 당신이 말하는 에…… 그……."

"으리다!"

"그래요. 그 으리란 무엇입니까?"

"지레 겁을 먹고! 그럼에도 불구하고 같이 나아가는 것이다. 같이 나아가 그 장애물을 뛰어넘으려고 노력하는 것! 근성으로 방법을 물색하는 것! 그것이 바로 으리다! 너희들은 으리가 없어!"

결국 방법을 물색하지 않고 도망가려는 자신들을 탓하는 것이다.

다른 이라면 모르지만 제이크가 하는 말이라 허투루 들을 수가 없었다. 무를 숭상하는 이들의 선망의 대상. 혹은 대단하다 생각하는 이들 중 제이크는 항상 포함되어 있어 왔기 때문이다.

'존경까지는 아니지만, 대단한 양반이 하는 말을 허투루 들을 순 없지.'

오르거는 제이크를 똑바로 바라보며 말을 이어 갔다.

"근거가 없군요. 근거 없는 자신감은 만용일 뿐입니다. 의리도, 근성도. 당신이 말하는 으리도 아닙니다."

"근거가 없다 하였는가!"

우르릉!

또다시 일어나는 파문.

오르거는 개의치 않고 말을 이어 갔다.

"그렇다면, 있습니까?"

"있다. 충분하고도, 넘치는 분이 우리와 함께하시기 때문이다!"

"아란츠 군이라면……."

"그런 것 따위가 아니야!"

"끄응."

옆에 있던 아란츠가 심기가 언짢은 듯 헛기침을 했지만, 제이크는 전혀 개의치 않았다.

"그분은 나의 주인님이다."

"주인님……!"

"라무!"

"에리오르슈 라무!"

"그가 살아 있는가!"

에리오르슈 라무.

에리오르슈 가문이 망하기 직전의 가주로서 선대 가주들보다 강하다는 평은 받지 못하지만, 세간에서는 절대강자로 군림하던 그런 이었다.

그런 이가 살아 있다면?

오히려 전화위복이 될 것이 분명했다.

하지만 제이크의 입에서 나온 말은 모두를 실망시켰다.

"아니. 라무님께선 돌아가셨다."

"……아아."

"하지만, 그분의 유지를 잇는 분이 존재한다. 바로 이곳에 계신다!"

"……!"

모두가 정적에 휩싸였다.

라무의 후계자?

그것은 누구인가!

*　　　*　　　*

'내가 나설 차례이긴 한데…….'

차근히 그것을 듣고 있던 경식은 머리를 긁적였다.

'아아, 이거 참…… 임팩트가 어쩌고 시기가 저쩌고……
뭔 무대 위에 서 있는 것처럼 떨리고 그런데?'

뭔가 다 된 무대에 올라서는 느낌이었다.

하긴, 변절을 앞둔 귀족들의 마음을 사로잡는(?) 역할을
맡았으니, 경식이 떨리지 않을 리 없다.

'게다가 이걸 타고…….'

경식은 자신의 옆에서 푸르릉 거리고 있는 유령마. 로열
티를 보았다.

로열티는 잘 부탁한다고 말하는 듯, 광구형 초록색 눈동
자를 영롱하게 빛냈다.

물론 경식이 타기 쉽게. 그리고 문에 들어가다가 목에 부
딪칠 일이 없게끔 제이크가 크기를 보통 말보다 조금 큰 정
도로 조정해 놓은 상태였다.

'아무리 그래도 이걸 타고?'

경식이 그렇게 생각하는 가운데, 회색 바람이 자신 있다
는 듯 말했다.

[취이익! 준비는 모두 끝남. 이제 나가기만 하면 난리
남! 취이익!]

그는 경식의 온몸으로 충격파를 살살 뿜어내어 주변에
강력한 돌풍을 불게 할 생각이다.

[도와줄. 게 없.다니 아쉽군. 미안하.다.]

'하하, 뭘. 내가 더 미안하지.'

붉은 어금니가 도와준다고 해 봤자 고약한 냄새를 풍기게 될 것이다. 적에게 치명적이지만, 아군에게도 치명적이라 사용할 수가 없다.

그때 푸른 허무의 목소리도 들려온다.

[원래 잘생긴 남자에게 더욱 잘생기게 하는 나의 매력을 빌려줄 생각은 없지만, 레이디 란시아와 아름다운 꽃 처녀 슈아께서 부탁을 하시니 이번 한 번만 그 부탁을 들어주도록 하겠소.]

그렇다. 푸른 허무의 출신은 하이엘프. 미의 기준이 높은 종족 중에서도 뛰어난 객체였던 그는 각종 무기술과 민첩한 몸놀림. 생전에 그가 사용했던 무구와 더불어 무엇보다 활에 관해선 타에 추종을 불허하는 능력을 경식에게 선사해 준다.

하지만 또 한 가지의 능력이 있었으니,

바로 엘프의 미모에 후광처럼 자리하는 '아우라'의 발산이었다.

엘프를 신비롭게 느껴지게 하는 능력.

푸른 허무가 들어가 있던 그릇. 그 그릇에서 푸른 허무가 나오자, 매력적이던 모든 것이 사라지며 평범한 남자로 돌아왔던 것을 경식은 아직도 또렷하게 기억하고 있었다.

[인정하긴 싫지만, 당신은 나 덕분에 상당한 매력을 갖게 되었소. 물론 더 이상 빌려주진 않을…….]

[거참 더럽게 말도 많네! 자꾸 경식이 귀찮게 굴래?]

구미호가 말을 끊자, 푸른 허무는 너무나 저자세로 굽실거렸다.

[하하! 나의 사랑. 구미호께서 그렇게 말하시니 오늘은 여기쯤 하겠습니다. 기분이 나쁘셨다면, 그 꽃처럼 아름다운 눈동자에 담아두지 마시고…….]

[꼴값을 떠네 꼴값을 떨어.]

[당신을 위해서라면…….]

'그만.'

경식은 둘의 말을 일축하며, 심호흡을 하였다.

이제 그가 나설 차례였다.

"가자!"

히히히힝!

콰앙!

경식이 로열티에 올라서자, 로열티는 자신의 임무를 알고 있다는 듯, 앞발굽으로 문을 차서 연 뒤, 빠르게 질주하고 급정거했다.

그러고는 모두가 있는 곳. 그 거대한 테이블 위에 사뿐하게 올라섰다.

'아무리 무게가 없는 말이라지만, 테이블이 안 무너지니까 신기하긴 하네.'

모두가 그를 바라보고 있었다.

특히나 고른 백작과 아란츠의 눈빛은 뜨거웠다.

부디 모두를 설득시켜 줘!

마치 이렇게 말하고 있는 듯했다.

'우선 나도 목적이 같으니 열심히 해야지.'

그렇게 말해 놓고 나니, 아주 잠시 멍해졌다.

'목적? 무슨 목적을 위해서?'

중요한 시기에 뜻하지 않은 의문이 들어 정신이 분산되었다.

경식은 자신도 모르게 인상을 잔뜩 찌푸린 채, 눈앞의 상황에 우선 집중하기로 하고 말을 이어 갔다.

물론 슈아가 대본처럼 써내려가고, 경식이 달달달 외운 말 그대로 '대사' 였다.

쉬우우우우웅──

경식의 몸 주변으로 옅은 충격파가 뿜어져 나와 주변에

돌개바람을 일으켰다.

경식으로부터 나오는 돌개바람!

그것은 주변 사람들에게 약간의 고양감을 심어 주었다.

그리고 지금 경식의 얼굴은 엘프의 것과 같은 아우라. 달리 말하자면 카리스마가 뿜어져 나오고 있었다.

"당신이…… 에리오르슈 가문의 적자입니까?"

오르거 자작의 말에, 경식은 고개를 끄덕이며 말했다.

"나 에리오르슈 쿠드는, 에리오르슈 라무님의 유지를 이어받아 수행 중에 있다."

'아니 도대체 왜 반말을 해야 하는 건지는 모르겠지만.'

물론 대본은 슈아가 써줬다.

경식은 속으로 그렇게 생각하며 머릿속 대본을 읊어나갔다.

"사실 나의 목적은, 내 가문을 몰락시킨 마도국과, 거기에 일조한 황제를 척결하는 것이다. 지금껏 마음을 나눌 이가 없다 여겼는데, 뜻이 통한 그대들이 이토록 든든히 자리 잡고 있다니 기쁘기 한량없다. 이제 내가 있으니, 나만이 가진 힘으로 군사력을 키워 나가, 종국엔 황제를 칠 것이다."

그 후, 예정대로 경식은 마검을 쥐고 하늘 위로 번쩍 들었다.

곧이어 보랏빛 소울 에너지가 마검으로 몰려들기 시작했다.

마검이 보라색으로 물들었다.

쭈아아아앙!

찬란한 보랏빛이 주변을 강타했다.

물론, 그 보랏빛을 볼 수 있는 자는 경식과 제이크르 제외하고는 아무도 없었다.

"그러니, 어차피 갈 곳도 빠질 곳도 없다면 나를 따르라. 물론 나 쿠드는, 에리오르슈 라무님과 같은 무력은 없다. 미숙하기 때문이지. 하지만 너희의 부족한 병력을 키우는 것은 가능하다. 소울 에너지, 이것을 이용하면, 장담건대 100일 안에 군세를 회복할 수 있을 것이다."

그 말에 듣고 있던 오르거가 벌떡 일어났다.

"지금 그 검에, 무엇이 서려 있는 것입니까?"

소울 에너지를 볼 수 있는 것은, 영감이 강하게 발달된 이가 아니라면 불가능하다.

하지만 보이지 않을 뿐,

느껴진다.

경식의 강한 소울 에너지가.

말 그대로 영혼의 원천이 되는 에너지가 이곳의 모두를 강하게 타격하고 있는 것이었다.

'뭐야. 이런 건 대본에 없었는데?'

하지만 주변을 둘러볼 틈은 없었다.

경식은 의연한 척 대꾸했다.

"소울 에너지라는 것이다."

"소울 에너지. 이야기로는 많이 들어 보았지만, 실지로 보는 것은 처음이로군요. 이 아무것도 서려 있지 않은, 하지만 분명 무언가가 강하게 요동치고 있는 이 기운이…… 바로. 소울 에너지라는 것입니까?"

"그렇다."

"그렇다면."

촤앙!

오르거는 자신이 가지고 있던 검을 뽑아 들었다. 그러고는 눈을 감고 기운을 불어넣었다.

파츠즈즈즛!

그의 검에서 주황색의 오오라가 줄기차게 뿜어져 나왔다.

하지만 그것은 오러블레이드가 아니었다. 짙기는 하지만, 검의 형체를 집어삼킬 만큼 강렬한 빛은 아니었다.

오러가 아니라, 마나블레이드.

지금 오르거 자작은 마나블레이드를 시전하고 있었다.

'뭐, 뭘 하려고, 저 아저씨가 저러지?'

혹시 나에게 휘두르려고?

경식이 그런 생각을 하건 말건, 오르거는 겸허하게 일어나 경식에게 검을 겨누었다.

아니, 겨누었다기보다는 내밀었다는 것이 맞는 표현이리라.

"에리오르슈 라무시라면 아무런 이의가 없소. 오히려 우리 동맹의 구세주일 것이 분명하지. 하지만 그분의 적자라면 이야기가 조금 다릅니다."

경식은 의연함을 연기했다

"그것으로 무엇을 하려는가."

"나 오르거 파루는 소드마스터가 된 지 1년이 넘었습니다. 소드마스터이긴 하나, 미숙하지요. 당신과 대적할 마음은 없습니다. 단지 당신이 진정 에리오르슈 가문의 적자라면, 이 마나블레이드를 잠재워 보십시오."

피식.

경식은 그 말을 듣고 피식 웃었다. 웃기지도 않는다는 듯이 말이다.

하지만 속으로 짓는 표정은 말 그대로 멘탈붕괴 수준이었다.

'뭐야. 그런 것도 가능해?'

우선 제이크를 힐끗 쳐다보니,

제이크 역시 당황한 기색이 역력해 보였다.

만약 설명하기를 좋아하는, 일명 설명충인 왕년 노인이 나서지 않았더라면 경식은 계속해서 멘붕 상태였을 것이다.

[껄껄껄. 에리오르슈 가문의 가주는, 그의 힘을 이용하여 상대방의 마나를 일으키지 못하게 하는 힘을 가지고 있었지. 그 때문에 어중이떠중이 기사 100명이 몰려와도, 에리오르슈 가문의 가주가 나서면 마나를 사용하지 못하고 허덕이곤 했던 기억이 나는구먼.]

[그런 중요한 걸 지금 말하면 어떻게 해, 이 멍청아!]

구미호의 말에, 왕년 노인이 억울하다는 듯 말했다.

[아니 물어나 보셨소? 거참 말해 줘도 뭐라고 하기요?]

'젠장. 어차피 알아봤자 그건 가주의 능력이지, 아직 난 그런 능력도 없잖아!'

경식이 더더욱 멘붕에 빠지려 했다.

부지불식간에 경식은 제이크를 바라보며 눈빛으로 호소했다.

그런 게 가능이나 하냐고 말이다.

그리고 제이크 역시 눈빛으로. 아니, 손가락으로 호소했다.

그의 손가락은 조심스레 3이라는 글자를 그리고 있었다.

3단계가 되어야 개화 가능한 능력이라고 말이다.

'이런 젠장?'

그는 지금 막 2단계에 들어섰다. 그러니 3단계의 고등기술을 구사하는 것은 얼토당토않은 일이다.

그런데 해 보라고 한다.

하지 않으면, 따르지 않겠다고 한다.

'어버버. 어버버버.'

경식의 머릿속이 대략 멍해지는 순간이었다.

오르거의 표정 역시 묘하게 일그러진다.

"불가능합니까? 이것이?"

"……."

"에리오르슈 가문의 적자가, 맞습니까?"

"……그으거어어언~"

경식은 말을 잇다가, 한숨을 푹 내쉬었다.

"불가능하다."

역시!

역시 불가능한 거였어!

적자래놓고!

적자가 아니었다니!

웅성웅성.

"하지만! 적자가 아닌 것은 아니다. 단지 아직은 미숙할 뿐. 아직 내가 그 단계에 도달하지 못했을 뿐이다."

경식의 변명은 궁색했지만, 충분히 그럴듯한 말이었고 사실이기도 했다.

무엇보다 에리오르슈 가문의 적자는 에리오르슈 에리카를 제외하곤 경식이 유일하지 않은가 말이다.

게다가 오르거와 이곳에 모인 모든 귀족들에겐, 사실 선택권이 없기는 했다.

"그렇다면, 당신이 장담했던 그 100일 후엔, 나의 마나블레이드가 당신에 의해 잠재워질 수 있는 것인지요."

"······."

"마나블레이드가 잠재워진다면, 소드마스터 이하의 기사들은 무용지물이 됩니다. 그것은 황제의 군대를 무용지물로 만들 수 있는 최종병기입니다. 그게 가능하다면, 난 당신을 따라 황제와 척을 질 것입니다."

오르거가 그렇게 말하자, 오르거와 뜻을 함께하던 열 명

남짓의 귀족들 역시 고개를 끄덕이며 찬성했다.

다수가 몰리자, 입을 다물고 있던 다른 이들 역시 그 의견에 찬성하고 나섰다.

경식은 우선 고개를 끄덕이고 보았다.

"약속하지."

"그렇다면 정확히 지금으로부터 100일 후. 다시 찾아오겠습니다. 그때는 지금과 달랐으면 좋겠군요. 당신의 실력도. 그리고 당신이 말한 소울 에너지로 인한 군사력도 말입니다."

회의는 대충 끝이 났다.

일단, 지켜보자는 쪽이다.

하지만 모두가 알고 있었다. 황제와는 이제 척을 질 수밖에 없다는 것을.

주사위는 이미 던져졌다.

눈금이 3이 넘으면 움직여야 하는 상황에서, 3이 넘어갔다.

이제는 그 주사위가 그저 그런 3인지. 아니면 만족할 만한 6인지 알아보는 일만 남았다.

그 판가름은 100일 후에 나올 것이다.

모두가 귀빈 대접실로 돌아갔다.

그리고 몇 시간 후, 각자의 마차를 타고 한 명씩 한 명씩, 겹쳐지지 않게 흩어져 본인의 영지로 돌아가기 시작했다.

이곳에서 회동이 있었다는 사실을 황제의 세작들이 간파하지 못하게 하기 위함이었다.

일단, 해결은 보았다.

하지만 완전한 해결을 보기 위해서는, 100일 후에 확연히 달라진 모습을 보여주어야 한다.

그것이 백작령의 군사력이건, 경식의 실력 그 자체이건 말이다.

Chapter 3
지식의 습득

회의가 끝나고 모두가 뿔뿔이 흩어졌지만, 남아 있는 이가 있었다.

바로 오르거 자작과 현재 갇혀 있다시피 한 그람트 후작이 그러했다.

그람트 후작은 감옥으로 옮겨지진 않았지만, 귀빈 대접실에 갇혀서 일주일째 밥만 축내고 있는 상황이었다.

처음에는 자신이 누군 줄 아냐며 소리도 질러보고, 으박질러도 보았지만, 이제는 모든 게 끝난 것을 알았는지 추욱늘어진 채 허공만 바라보고 있었다.

그런 그람트 자작을 바라보던 고른 후작이 옅은 한숨을
내쉬었다.

"저자를 어찌하면 좋단 말인가."

옆에서 그것을 지켜보고 있던 아란츠 역시 고개를 회회
저었다.

"우선, 돌려보내긴 해야 합니다. 아무리 밀회였다지만
그람트 후작씩이나 되는 사람이 조치를 취하지 않았을 리
없지요. 이렇게 오랫동안 돌아오지 않는 것을 그쪽 가문에
서 알아채면, 뭔가 조치를 취할 겁니다."

"안 그래도 그런 협박 비슷한 것을 했다고 들었네."

"앞으로의 일이 많은데, 걱정이군요."

"넘어야 할 산들 뿐이로군."

둘이 그리 말하며 고개를 회회 젖고 있을 때, 그것을 옆
에서 지켜보고 있던 이가 있었으니, 바로 경식이었다.

"저도 이제 대충 어떻게 돌아가는지 알았으니, 좀 끼어
들어 볼게요."

지금껏 경식은 아란츠와 고른 백작. 그리고 슈아가 짜 놓
은 판 위에서 주인공 행세를 하며 마지막에 짜잔 하고 나타
나 모든 것을 종식시켰다.

말 그대로 다 된 밥상에 숟가락 얹은 격이다.

하지만 이제 상황을 모두 파악했고, 자신이 할 일도 잘 알고 있다. 제삼자의 입장에서 본인 입장이 되니, 슬슬 나서는 게 좋을 것이라는 판단이 선 것이다.

경식은 둘의 동의도 구하지 않고 그람트 후작이 갇혀 있는 방의 문을 두드렸다.

똑똑—

"……."

대답은 없었지만, 경식은 그냥 들어갔다.

그람트의 멍한 눈동자에 경식의 얼굴이 맺혔다.

"안녕하세요?"

"……그대가 정말 에리오르슈 가문의 후계자인가?"

'사실 후계자는 에리카지만, 우선 나도 맞는다고 보자.'

경식이 우선 고개를 끄덕였다.

"황제와 내통을 하셨다고요?"

"흘…… 후계자가 나에게 말을 높이니 기분이 좋군. 그래. 난 황제와 내통했지. 그래서 이렇게 갇힌 것 아닌가?"

"우리들의 정보를 모두 빼돌리려 했고요?"

"그래. 그랬지. 이미 고문 비슷한 것을 당하며 자네들에게 전부 말한 바 있네."

"고문을 당한 흔적은 없는데요?"

그의 얼굴은 멀쩡했다. 그 흔한 손톱빼기 하나 당한 흔적이 없었다.

하지만 그의 얼굴표정은 삼일밤낮 고문을 받아 온 사람의 그것이었다.

"나의 자존심이 유린당했네."

그람트 후작은 자존심 하나로 먹고 산 사람이다.

물론 간신에, 자기 사람 팔아먹기를 밥 먹듯 하지만, 그런 사람이라고 해서 자존심이 없는 것은 아니다.

부러질지언정 휘지 않는 것만이 자존심은 아니다.

이렇게 간신처럼 오래토록 살아남는 것이, 강함이라고 믿는 것 또한 자존심의 한 종류였다.

그람트 후작은 뒤통수를 맞아버렸고, 나가지도 못한다.

아니, 그런 것이라면 이렇게 초연하게 되지 않았을 것이다.

"흐음. 그렇군요."

경식은 그의 말을 들어만 주었다.

문틈 사이로 그 광경을 보는 아란츠와 고른 백작은 의아한 표정을 지었다.

"저 고집스럽던 양반이 입을 여는군."

"고약한 양반이라고만 생각했는데 말이죠."

사실, 둘은 그람트 후작에게 속내를 들으려고 갖은 방법을 써서 회유도 해 보고, 윽박도 질러봤었다. 하지만 그람트 후작은 '곧 내 사람들이 황제에게 알릴 것이다'는 말을 하며 입만 다물고 있을 뿐이었다.

"막상 쿠드가 와서 말을 하니 저렇게 되는군요."

"왠지 다 해 놓은 밥을 그릇에 담았는데, 정작 손님에게 가져가서 자랑하는 건 다른 이가 하는 느낌이로군."

고른 백작의 말에, 아란츠가 고개를 저었다.

"쿠드가 아니면 들리지 않았을 밥상이었던 것 같습니다."

둘이 흐뭇하게(?) 지켜보는 가운데, 경식은 그람트 후작의 말을 계속 들어주고만 있었다.

그런데 그람트 후작은 아란츠나 고른 백작에게 하지 않았던 말들을 줄줄이 토해 내고 있었다.

"그대가 와서 하는 말인데, 지금 내 상황이 어떤 줄 아는가?"

"가르쳐 주시겠어요?"

한숨을 푹 내쉰 그람트 후작이 말을 이어 갔다.

"사실 나는 그저 이렇게 가만히만 있으면 되었다네. 황제와는 말 그대로 내통한 상태이지. 이 모임 역시, 누가 오는지 확인한 후 그 명단을 황제에게 넘기려고 온 것이었다네. 적진이지. 적진에 들어오는데 아무런 방비를 하지 않았 겠는가? 난 그런 멍청한 사람이 아니야. 내가 계속해서 연 락이 없다면 내 영지에 있는 나의 병력이 이곳으로 치고 들 어오겠지. 황제가 보기엔 명분 없이 벌어진 영지전일 테고, 황제 허락 없이 영지전을 벌였으니 조사가 들어오겠지. 그 렇게 되면 이곳이 쿠데타의 비밀 회동이 있는 곳임을 황제 가 알게 되는 건 시간문제라고 할 수 있지."

"그럼 그냥 가만히만 계시면 되었던 겁니까?"

"흥! 다행인지 뭔지는 모르지만, 나의 목숨을 위협하는 무모한 행위는 하지 않더군. 가만히 있으면, 그리 될 걸세. 내가 이곳에서 가만히 있으면 말이야."

"그렇다면 들어오기 전부터 당신은 살아 돌아갈 수 있다 고 생각하고 들어오신 겁니까?"

"그렇다고 볼 수 있네. 이미 쿠데타 세력은 공작을 잃고 끝났으니까⋯⋯."

말을 흐리던 그람트가 경식과 눈을 정확히 마주쳤다.

"나는, 황제를 신봉하지 않네. 아니, 나는 나를 믿지."

'완전 자기에게 도취되어 있군.'

하지만 현재 그의 태도는 경식의 입장에선 달가운 도취 였다.

그는 고개를 끄덕이며 그람트의 말을 계속해서 귀담아 들었다.

"나는 황제가 쿠데타를 진압할 거라 믿어 의심치 않았네. 쿠데타에 계속 가담해 있었으면 그야말로 개죽음이지. 그 생각은 거의 바뀌지 않았었네. 아란츠와 제이크. 그리고 자네가 오기 전까지는 말이야."

"……."

경식이 아무런 말이 없자, 그람트가 음충맞게 웃으며 문틈을 가리켰다.

"거기서 열심히 엿듣지 말고 이리로 오게. 무술을 배우진 않았지만, 정쟁 속에서의 잔뼈 굵은 몸이라네."

끄음.

기척을 숨기고 둘의 이야기를 듣고 있던 아란츠와 고른은 헛기침을 하며 방 안으로 들어왔다.

"내가 이제 와서 이렇게 점잖게 이야기하는 것도 웃긴 일이지만, 내 마지막 자존심이니 왈가왈부 하지 말게."

지금껏 보내달라고 윽박지르고 소리 지르고 갖은 진상을 다 부렸던 그람트가 점잖게 이야기를 하자 기가 찼지만, 그의 말에 고개를 끄덕여 주기로 했다.

어쩌겠는가?

솔직히 아쉬운 건 자신들인데 말이다.

"알겠지만 나에겐 7천의 군대가 있네. 내 휘하의 기사단은 전부 70명이고 소드 익스퍼트 상급이지. 마법사 역시 2서클이 5명, 3서클이 2명. 그리고 4서클 마법사가 1명 있다네. 군량미는 1만의 군대가 한 달을 버틸 수 있는 양이지. 이건 그 누구도 아닌 내 손으로 키워낸 것들이야. 그러니 황제도, 너희도 가져가게 할 순 없지. 난 이것을 지키고 싶은 마음뿐이네."

"그래서 어쩌겠단 거요?"

슬슬 결론이 나와야 할 때였다.

그람트의 표정이 신중해졌다.

"난 도박은 하지 않네. 내가 이길 상황에서만 투자를 하지. 항상 그래왔는데…… 지금은 애매하군. 말 그대로 도박이야."

굳건한 황제의 세력.

갑작스럽게 등장한 에리오르슈 가문의 후계자가 바꾸겠다고 선언한 세력.

두 세력 중, 어느 세력에 붙어야 할까?

"고민을 해 봤자 시간이 많지 않았지. 지금껏 고민해 보았지만, 아직도 미지수라네. 황제가 나을까, 그대들이 나을까. 물론 내가 황제에게 붙는다면 지금은 살겠지만, 내 후손들이 영원히 번창하진 못할 걸세. 현재의 황제는 미쳤으니까 말이야."

"그러니 해 보자는 거요."

"그러니까, 그게 가능하냐고 묻는 것일세. 에리오르슈 쿠드. 자네에게 말이야."

"에…… 저요?"

"그러네. 자네 말이야."

에리오르슈 가문의 강함은, 비단 에리오르슈 가문의 가주 개인 능력에만 국한되어 있지 않았다.

가문의 군사력이 웬만한 국가만큼 강력했으며, 군사보급 역시 기발했다.

"게다가 그 한 몸처럼 움직이던 진형과, 지휘하는 가주의 역량…… 이보게. 난 약은 만큼이나 늙고, 늙은 만큼이나 많은 세대를 살아온 사람이라네. 에리오르슈 가문이 왜 최고의 가문인지 이 눈으로 똑똑히 봤지. 에리오르슈 가문은 강하네. 아니, 단지 강하다는 단어 하나로 표현이 어렵지. 묘했어. 아주…… 아주 묘했지."

자작이 경식을 바라보더니, 씩 웃는다.

"난 그때, 진심으로 에리오르슈 가문을 따랐었다네. 마도국도, 황제도 어쩌지 못할 가문이라는 생각 때문이지. 물론 두 세력이 합세해서 몰락하긴 했지만 말일세. 그때를 재현할 수 있겠는가?"

경식은 우선 대답을 하고 보았다.

"당연하지요."

"끌끌. 그래…… 그렇다면 나 그람트! 73년의 생을 걸고 약속하지. 더 이상의 배신은 없을 것이야."

과연 그람트는 백작령을 떠나지 않았다. 단지 자신의 영지에 연통을 넣었을 뿐, 귀빈 대접실에서 말 그대로 대접을 받으면서 지냈다.

믿거나 말거나지만, 강력했던 적이 아군으로 돌아서는 순간이었다.

"어디까지 믿어야 할지 모르겠군요."

아란츠는 머리를 회회 저으며 고민했지만, 고민해 봤자 나오는 건 없었다. 그것은 고른 백작 역시 마찬가지였다.

"에리오르슈라는 이름이 이렇게 거대했는지 새삼 체감하는군."

고른 백작이 그런 말을 하며 경식을 바라본다. 경식은 어깨를 으쓱이며 울상을 지었다.

"그런데 이제 어떻게 합니까?"

그 말에, 아란츠와 고른 백작이 오히려 어깨를 으쓱였다.

"에리오르슈 가문의 비전을 사용하여 군사력과 군량미를 확보하시면 됩니다."

"내 말이 그 말일세."

"아니 그러니까 어떻게?"

그 말에, 둘이 똑같이 대답한다.

"그건 쿠드님께서……."

"자네가 알아서 해야 하는 것 아닌가?"

"……하하. 예?"

경식은 에리오르슈 가문의 적자다.

그러니까 에리오르슈 가문의 힘을 이용할 수 있다.

그러면 군사력과 군량 문제가 해결될 것이다.

그 방법이야 경식이 알겠지~ 하는 것이 아란츠와 고른의 편한 생각이었다.

'뭐, 뭐지 이 뒤통수 맞은 기분은.'

에리오르슈 가문의 방식대로라고?

아니 그러니까 어떻게?

나는 에리오르슈 가문에서 나고 자란 사람이 아니라, 그저 나고 자란 사람의 운명공동체일 뿐인데?

'그럼 나고 자란 사람한테 물어보면 되겠군.'

필요할 때만 찾아서 미안하긴 하지만, 어쩔 수 없는 일이었다.

경식은 자신의 방으로 돌아와, 눈을 감고 강하게 염했다.

꿈에서 그녀를 만나기를 말이다.

* * *

"핫. 아핫핫핫. 정말 오랜만이지?"

"……."

에리카는 아무 말 없이 경식을 노려보기만 했다. 경식은 그런 에리카의 시선을 못 받아넘기겠는지 시선을 피해 버린다.

피한 시선에 보이는 건 황량한 벌판 뿐.

'전엔 푸르른 수풀이었는데.'

이곳은 꿈의 세계.

그리고 이곳의 날씨나 풍경은, 경식이나 에리카의 기분 여하에 따라 좌우된다 보아도 과언이 아니었다.

"아아아주 오랜만이로구나?"

"하하. 그러게?"

생각해 보면 2주일도 채 안 된 사이에 다시 만난 건데,

에리카는 2주일조차 오랜 시간이었던 모양이다.

'하긴. 혼자 있는데 얼마나 심심하겠어.'

경식은 에리카를 생각하는 마음이 조금씩 커지고 있었다.

"또 내가 필요해서 찾아왔을 테지?"

"응."

"휴우."

에리카는 옅은 한숨을 내쉬며 경식을 얄밉다는 듯 노려보다가. 어깨를 으쓱이며 자리에 주저앉았다.

"상황을 말해 보겠느냐?"

"그게 참 웃긴 상황이야."

경식은 이제껏 있던 일을 에리카에게 이야기했다.

"우선 고른 백작은 우리를 받아주었어."

고른 백작에게 가자, 고른 백작은 처음엔 경식 일행을 경계하더니, 곧 자신과 한 배를 타자고 하였고, 같이 술잔을 기울였다.

그 한 배라는 건, 쿠데타에 관한 이야기였다.

에라카의 눈동자가 당황스럽게 일렁거렸다.

"쿠데타라 하였느냐? 황제를?"

"응. 지금 황제는 미쳐 있다는데?"

"흐음……."

에리카는 한동안 생각에 잠기더니, 납득했다는 듯 고개
를 끄덕였다.

"마도국과 손을 잡고 나의 가문을 몰락시킨 것 자체가
미친 짓이긴 했지. 그 연장선상이겠구나."

"나도 자세한 건 들은 게 없는데, 그렇다고 하더라고."

"흐음?"

에리카는 뭔가 맘에 안 든다는 듯 경식을 째려봤지만, 경
식이 왜 그러냐고 묻기도 전에 고개를 끄덕이며 다음 이야
기를 촉구했다.

"우선 말해 보거라. 그 후에 말하마."

"흐음. 무슨 말을 더 해? 이게 끝인데."

말은 그렇게 했지만, 회의 때의 이야기를 계속 해 주는
경식이었다.

회의 때, 테르무그 공작의 아들인 테르무그 아란츠가 등
장하여 패배감으로 팽배한 이들에게 일침을 가했다.

그 후, 제이크가 나타나 무게를 잡고,

경식이 로열티까지 빌려 타고 등장하여 포스 있게 좌중
을 압도했다.

"물론 압도까진 아니고, 어찌 되었건 일이 잘 풀렸다는

거지. 그런데 여기서 첫 번째 문제가 있더라."

경식은 오르거 자작에 대해 설명했다. 오르거 자작은 소드마스터의 반열에 든 사람으로서, 쿠데타 세력 중 고른 백작만큼이나 영향력 있었다.

그가 경식에게 제안을 했다.

"100일 안에 마나소드를 잠재울 수 있는 능력을 보여 달라고 하는데, 이게 가능한 거야?"

"후후후. 아버님의 무용담을 잘 아는 이로군."

"아버님? 에리오르슈 라무 말이야?"

"아버지의 이름을 함부로 부르지 말거라!"

"아…… 음. 뭐, 그래."

에리카가 콧방귀를 뀌며 이야기를 시작해 나갔다.

"아버지는 마나 블레이드를 사용하는 모든 이들을 무력화시킬 수 있는 능력이 있으셨다. 그리고 그것은 6서클 이하의 마법사에게도 통용되는 일이었지."

"그러니까…… 그걸 100일 안에 할 수 있게 되어야 하는 건데, 그걸 어떻게 해야 될지 모르겠다는 거지."

제이크의 말을 들어 보니, 사실 제이크도 3단계가 어쩌고 손짓으로 설명하긴 했지만, 잘 모르는 일이라고 대답했었다.

"제이크도 알 리가 없지. 가문 비전인데 말이야. 그러니 3단계 이야기를 한 것이로군. 후후후훗. 굳이 3단계가 아니더라도 그런 건 가능하니 너무 걱정하지 말거라."

"오오, 걱정하지 않아도 되었던 거야? 지금의 나도 할 수 있는 거라고?"

그렇다면 한시름 놓았다.

하지만 에리카의 말은 아직 끝나지 않았다.

"하지만 지금의 너에겐 불가능하다."

"내가 수준이 낮아서?"

"나였으면 그랬겠지만, 너는…… 마음이 물러서라고 대답해 두지."

"그건 무슨 소리야?"

경식이 고개를 갸웃거리자, 에리카는 좀 뜸들이다가 이야기했다.

"투마의 본신능력. 그것이 바로 상대방의 마나 블레이드를 잠재우는 능력이기 때문이다."

"……아아."

회색 바람은 진명을 부르면 온몸으로 강력한 충격파를 쏘아낸다.

붉은 어금니는 진명을 부르면 주변의 수증기를 마음껏

주무른다.

푸른 허무는…… 잘 모르겠고,

아무래도 투마는 진명을 부르고 본신의 힘을 사용하면 마나를 사용하는 주변의 모든 인물들의 마나가 흩어지기라도 하는 모양이다.

하지만 경식은 투마의 진명은커녕 투마의 힘을 사용하는 것조차 하지 못하는 상황이었다.

에리카의 말이 이어졌다.

"아버지는 영혼들의 진명을 알지 못하셨다. 아니, 알 필요가 없었지. 어차피 마음속까지 굴복하게 되면, 진명을 끄집어내지 않아도 본신의 힘을 다 빨아 사용하는 게 가능했거든."

"……."

경식이 뭐라고 말을 하려고 했지만, 에리카가 더 빨랐다.

"물론 네놈은 영혼끼리의 친구가 어쩌니 저쩌니 하면서 요행의 덕을 보고 있는 것 같아서 지금은 뭐라고 그러지 않겠다만, 투마는 다른 영혼들과는 다를 게다."

에리카의 눈동자가 차가워진다.

"투마는. 철저하게 홀로인 생물. 몬스터 중에 최강이라 일컬어지는 오우거 중에서도 가장 강력했던 객체이다. 그

녀석과 친구? 후후. 그저 더 큰 힘으로 찍어 누르는 것만이 있을 뿐이지."

"흐음."

경식은 영혼을 애완동물쯤으로 생각하는 에리카가 언제나 마음에 들지 않았지만, 왜인지 모르게 이번만큼은 공감을 하고 있었다.

'물론 아주 조금이지만 말이야.'

"투마는…… 정말 친해지기 힘든 것 같더군."

"말로 해서는 안 들어먹는 존재이긴 하지. 하지만 그 녀석을 굴복시키는 것은 의외로 쉽다. 자신보다 강력한 녀석의 힘을 네가 가지고 있다는 것을 보여 주고, 그것으로 압박하면 되지."

그리 말하며, 그녀가 살아 있을 당시, 사령의 보옥에 9개의 영혼이 들어 있을 때의 이야기를 해 주었다.

"그 당시 나는, 투마를 압박하기 위해서 구각랑의 힘을 이용하여 투마를 짓눌렀지. 그 결과, 투마는 억지로나마 나에게 힘을 주게 되었다."

"……."

강력한 힘으로 더욱 약한 힘을 끄집어내어 사용했단 소리였다.

말 그대로 뻥뜯기.

그리고 그것을 무용담처럼 자랑스럽게 이야기하는 그녀.

'역시 이 부분은 마음에 들지 않아.'

하지만 100일 안에 투마의 마음을 열기란 쉽지 않을 것 같았다. 아니, 거의 불가능에 가깝다.

그러니 그녀의 말에 일단 경청해야 할 것 같다.

"나는 구각랑이 없잖아?"

"대신 다른 녀석이 있지 않느냐?"

"……구미호?"

아. 맞다.

사실 생각해 보면, 구미호가 경식이 사용할 수 있는 가장 강력한 패였었다.

'왜 지금껏 그걸 몰랐지?'

왜냐면 사용하지 않아 왔기 때문이다. 사용할수록 구미호와 자신의 몸이 동화된다는 것을 아는데 어떻게 섣불리 사용할까?

"사용하면 사용할수록……."

"그래. 네 몸과 동화되는 것을 안다."

"어떻게?"

그 말에, 에리카가 어깨를 으쓱이며 말했다.

"아버지한테 배웠으니까."

에리오르슈 가문. 그 힘의 원천은 구각랑에 있다.

구각랑 자체만으로도 드래곤과 견줄 만큼 강력한 영혼이고, 그 구각랑의 껍질을 채우는 존재가 바로 9개의 영혼이다.

구각랑이 살아 있을 당시의 힘과 출력을 내려면 9마리의 강력한 영혼들이 필요하다. 그러지 않으면 구각랑은 말 그대로 이빨 빠진 늑대에 불과하다.

그렇다면 이 힘없는 구각랑을 이용하여 영혼들을 흡수할 수 있을까?

충분히 가능하다. 구각랑 본신의 물리력은 없지만, 영혼 서열로썬 까마득한 후배들이기도 하고, 영혼의 급으로써도 구각랑이 훨씬 위이기 때문에 짓누르는 것이 가능한 것이다.

그렇게 흡수한 9개의 영혼.

에리오르슈 가문은 사실 구각랑이 아닌 9개의 영혼들만을 부려 왔다.

"구각랑과 직접적으로 링크를 하면, 구각랑은 링크된 본 주인을 먹으려 든다. 흡수하려 들지. 때문에 직접적으로 구각랑과 링크를 한 건, 아버지 역시 다섯 손가락 안에 꼽는다고 들었다."

"흐음. 구각랑과 구미호는 비슷한 빙의조건을 갖추고 있구나, 역시."

"아마 그 알스라는 녀석은 아류이기도 하고, 그러한 정보가 없으니 처음부터 구각랑과 직접 링크하여 힘을 키워나갔을 게다. 언젠간 구각랑에게 완전히 먹히겠지."

"흐음. 지금 봐서는 잘 다스리고 있는 것 같은데?"

그 말을 에리카는 강력히 부정했다.

"일개 인간 따위가 구각랑을 견딜 수 있을 리 없다. 그것은 우리 가문에서도 초대 선조님께서만 가능했던 이야기이니라."

"흐음."

"너도 조심하거라. 그 구미호라는 것. 구각랑과는 달리다루기가 쉬운 것 같긴 하다만…… 언제 본성을 드러낼지몰라."

경식의 표정이 자신도 모르게 사나워졌다.

그것을 보고 에리카가 상큼하게 웃어 준다.

"곧 알게 될 것이다."

"영원히 모를 것 같은데? 네가 구미호를 모르는 것처럼."

에리카는 경식의 말을 어린아이의 치기어린 소리로밖에

들리지 않는 모양이다.

"호호…… 그래. 그러면 좋은 것이겠지. 나도 그러길 바라느니라. 어찌 되었건, 투마는 구각랑. 아니, 너의 경우에는 구미호와 빙의를 하여 제압을 해야 한다. 죽음 직전의 공포를 심어 주면, 알아서 기게 될 것이다."

"흐음……."

"내 말 듣거라. 그게 방법이니."

경식은 한숨을 내쉬며 고개를 끄덕였다. 에리카가 하루 이틀 이러는 것도 아니기 때문이다.

게다가 아직 물어보아야 할 것이 있었다.

"그런데 100일 동안 그것만 해야 하는 게 아니야."

경식은 그 이후 있었던 그람트 자작과의 대화를 설명해 주며, 식량의 보급이라든가 군사력 증대를 이룩하는 에리오르슈 가문만의 방식에 대해 물어보았다.

하지만 에리카는 답을 주지 않았다.

"몰라?"

"모르진 않다만, 대답을 해 주기 전에 너에게 묻고 싶은 것이 있어서 그런다."

불현듯 에리카가 불만 가득한 눈초리로 바라보고 있었다.

"그 시선의 의미는 뭐지?"

"미안하고도 한심해서 그렇다."

에리카는 경식의 눈을 똑바로 바라보며 물었다.

"너. 이곳에 있는 목적이 무엇이냐?"

뜬금없는 질문에 경식이 얼떨결에 대답했다.

"글쎄? 무슨 소리야?"

"이곳에서 네가 무엇을 하고 있냐는 것이다."

"……응?"

경식은 정신이 멍해졌다.

"뭐를 하고 있냐니. 난 너 때문에 이곳에 떨어졌잖아?"

"그러니까, 떨어졌으면 무엇을 해야 하느냐?"

"…… ."

"너. 너무 주변에 휘둘리는 것 같구나."

경식은 지금껏 자신의 행보를 되뇌어 보았다.

처음엔 에리카에게 이끌려 다른 세계에 도착했다.

그 후엔 구미호에게 이끌려 살아남았다.

그 후엔 제이크에게 이끌려 이곳저곳 돌아다녔고, 영혼을 찾아 헤맸다.

도대체 왜?

"바로 에리카 너를 살리기 위해서잖아?"

"나를 살려 무엇을 하려 하는 것이냐?"

"그거야……."

경식은 당연하다는 듯 받아치려다가, 입을 다물었다.

언뜻 바로 생각이 나지 않았다.

그리고 경식이 해야 할 대답을 에리카가 먼저 해 버렸다.

"네가 집에 돌아가기 위해서이지 않느냐!"

"……그러네."

"그래. 그렇다. 네가 집에 돌아가기 위해서다. 그런데, 너는 아직도 누군가가 시키면 무언가를 하는 식으로 상황을 해결해 나가고 있구나."

"……."

경식은 문득 3일 전 회의 때를 떠올려 보았다.

슈아가 써 놓은 대사를 그대로 읊던 자신의 모습이 또렷이 생각났다.

말 그대로 꼭두각시 같았다.

그러려고 그런 건 아니고, 상대방도 꼭두각시를 만들려고 그런 게 아닌데, 꼭두각시가 되고 말았다.

그것은, 경식이 너무 수동적으로 움직여 왔기 때문이었다.

"지금껏, 목적성이 불분명했어."

지금도 그렇다.

그는 에리카를 찾아야 하는데, 엄한 것에 휘말려 황제가 어쩌고, 쿠데타가 어쩌고 하며 이리저리 휘둘리고 있었다.

"네 목적은 나를 찾기 위해서다."

풍랑처럼 일렁이던 경식의 눈동자가 다시금 고요해졌다.

"그래. 쿠데타를 일으키려 함이 아니지."

에리카의 입가에 만족스러운 웃음이 그려졌다.

"그래야 나의 운명공동체다."

"그래. 이번엔 정말 고맙네."

경식의 입가에 진정한 미소가 어렸다.

"그래. 나는 널 구하기 위해서가 아니라, 내가 집에 돌아가기 위해서 싸워 왔던 거였어. 사실 이곳에서 많은 사람들을 만나고, 그 목적의식이 흐려졌었지만…… 다시 다잡았지."

"내 덕분이지."

"그래. 네 덕분이야. 그리고 지금 결심했어."

경식이 힘 있게 말했다.

"나는 이 쿠데타 세력을 키워서 나의 세력으로 만들 거야. 너는 네가 마도국 어딘가에 감금되어 있다고 했지? 그걸 찾으러 가려면 힘이 필요해. 본신의 힘이 아니라, 국가적인 힘이 말이야."

"영혼 모으는 것을 소홀이 할 생각인 게냐?"

에리카의 우려 섞인 다그침에 경식이 고개를 저었다.

"나는 지금 소속된 단체가 필요해. 이단심문관인지 뭔지 하는 놈은 나를 죽이려 달려들고 있어. 그것은 황제의 명이지. 알스 역시 나를 위협하는 대상인 것이 확실하고. 황제와 마도국. 두 세력이 전부 나의 죽음을 바라고 있어. 나는 개인이고, 영혼을 모으기 전에 죽을 정도로 허약해. 이번에 한 번 죽다 살아나면서 그것을 느꼈지. 나는, 단체를 만들어야 할 만큼 충분히 약해."

그 말에, 에리카가 눈빛을 빛냈다.

"에리오르슈 가문의 재건인가?"

"……아니 이야기가 왜 그렇게 되지?"

하지만 틀린 말도 아닌 것이, 경식은 지금 에리오르슈 가문을 등에 업고 있는 이 상황을 이용해야 했고, 결국엔 그렇게 되는 것이다.

"어때. 이야기가 그렇게 되지 않느냐?"

"흐음. 그렇게 되는군?"

"에리오르슈 가문이 재건되는 게, 싫더냐?"

그 말에, 경식은 또 그건 아니라며 고개를 저었다.

"좋은 게 좋은 거라고, 나는 단체가 필요하고 그 단체를 키우다 보면 너의 가문이 재건되는 거니까, 싫지는 않아."

"오히려 나의 도움을 받을 테니, 잘되었다고 여겨야 하지 않겠느냐 이 말이다. 호호호호."

에리카의 얼굴에 화색이 돌았다.

"오늘의 네놈은 썩 마음에 드는구나. 이리 오거라. 아버지께서 나에게 물려주신 가문의 비전을, 가문 사람이 아닌 너에게 특별히 가르쳐 주마."

에리카가 손을 들어 경식의 이마로 가져가려 했다.

"뭐를 가르쳐 주려고?"

"지금 네가 필요한 모든 것."

자신 있게 그렇게 말한 에리카는, 경식의 이마에 손을 얹었다.

곧 수만 가지의 것들이 뇌 속을 직접 파고들었다.

"으어어엇?"

"나는 너에게 명령을 하지 않는다. 그저 지식을 주입시킬 뿐이다. 방대한 지식. 이것을 응용하는 것은 너의 몫이다."

"으억. 끄으으윽!"

"네가 떠올리는 지식에 슈아와 제이크가 도움을 준다면, 아주 잘해나갈 것이다. 특히 슈아는 아주 영특하고 기민한

아이이니, 슬기롭게 대처할 수 있을 게야."

"끄으윽!"

경식은 대답을 하지 못하고, 머릿속으로 밀려들어오는 엄청난 문자와 뜻조차 알지 못하고 이해하지도 못하는 기호들을 기억회로와 신경다발에 욱여넣기에 바빴다.

에리카가 싱긋 웃으며 대답했다.

"오랜 시간이 걸릴 게야. 나를 떠나고 싶어도, 지금은 떠나지 못하게 할 테다."

"으어어어"

"아파도 참거라!"

"끄아아아앗!"

경식의 비명은 오랫동안 이어졌다.

물론 꿈속의 메아리일 뿐이었지만 말이다.

*　　*　　*

"푸하아! 헉! 허억! 헉! 미, 미친. 이런 미친!"

[겨, 경식아? 왜 그래! 야? 안 좋은 꿈이라도 꿨니?]

옆에서 경식을 지켜보고 있던 구미호의 말에, 경식은 한동안 대답을 할 수 없었다.

"허억. 헉. 허어……."

[경식아. 괜찮니? 응?]

"어. 엄청난 것들을 알아버렸어."

우선 이것은 지식일 뿐, 경식이 실생활에 바로 응용할 수 있는 '지혜'는 아니었다.

욱여넣는 에리카 역시, 자신이 욱여넣고 있으면서도 그것들을 완벽하게 이해하고, 응용하진 못했었다. 라고 기억이 말해 준다.

말 그대로 기억.

일종의 기록이다.

경식은 지금 거대한 만능 백과사전이 머릿속에 심어진 상태였다.

이것을 응용하는 건, 전적으로 경식의 몫이다.

[무엇을 알았니? 응? 말을 해 줘봐 봐. 응? 걱정되잖아~]

구미호가 걱정해 주는 것은 고맙지만, 경식은 대답해 줄 수 없었다.

"미안해 구미호. 지금은 생각 좀 할게."

경식은 아주 잠시 눈을 감고, 머릿속에 새겨진 지식들을 정리해 나가기 시작했다.

구미호 역시 약간은 서운해 했지만, 곧이어 어깨를 으쓱이며 집중하는 경식의 모습을 마냥 바라보고만 있는다.

[제법 멋지잖아? 수학문제 푸는 것 같고.]

"……."

경식은 눈을 감고 명상에 잠겨 있다가, 이내 눈을 뜨고 창문 밖 풍경을 훑었다.

고요한 밤. 보름달이 어슴푸레하게 지며 맑은 태양이 동쪽에서부터 떠오르고 있는 새벽이다.

"하루를 시작하기에 딱 알맞은 시간대네."

경식이 자리를 털고 일어났다.

갑자기 할 일이 많아졌다.

Chapter 4
투마와의 격돌

"저 왔습니다, 주인님!"

제이크가 부리나케 달려와 자리에 앉았다.

이곳의 주인인 고른 백작, 그리고 테르무그 공작령의 희망(?) 아란츠. 그리고, 이곳에 오자마자 가장 고위서클(?)인 관계로 백작령을 대표하는 마법사가 되어 버린 슈아.

할 일 없는 란시아와 오르거 자작, 그리고 가장 마지막에 마음을 고쳐먹은 그람트 후작.

마지막으로 소란스럽게 도착한 제이크까지.

이제 모두가 모였다.

경식이 주변의 인물을 둘러보며 말문을 열었다.

"제가 모두를 부르니까 이상하죠?"

"아닙니다! 전혀 이상하지 않으십니다!"

하지만 제이크 말고는 다들 이상하다는 얼굴이다. 주도적으로 일을 처리하지 않고 방관자 역할을 자처하던 경식이 모두를 불러서 할 말이 있다 하니 당연한 결과였다.

'으으, 어색하군.'

이곳에서 가장 당황스러운 것은 다름 아닌 경식이다.

확실히 어색했지만, 이젠 '자리가 사람을 만든다' 는 대한민국의 옛말을 이곳에서 실현시킬 때가 온 것 같았다.

"으음. 불과 몇 시간 전에 저는 백작님에게 부탁드린 것이 있습니다."

그리고 백작은 부탁한 것을 모두 경식에게 건네주었다.

그것은 바로, 군사력과 군량미에 대한 것이었다.

"그것을 읽어보고 나온 해답은, 지금은 더 이상 양을 늘릴 수는 없다는 것입니다."

황제의 군사력이 훨씬 많다는 건 자명한 사실이었다. 비율로 따진다면 6:4. 하지만 그것은 테르무그 공작이 몰락하기 전 이야기이고, 지금은 많이 쳐줘봐야 7:3도 안 될 것이 분명했다.

애석한 것은, 양을 늘리는 것이 불가능하다는 것이다.

"그래. 비밀 조직치고는 너무 거대해졌네. 이 이상 군사력을 늘릴 수도 없고, 그렇다고 용병을 끌어들일 수도 없는 상황이지."

왜냐하면 용병은 돈에 따라 움직이고, 그런 이들의 입이 무거울 리가 없기 때문이다.

그러니 이제 군사력을 늘리는 것은 한계다.

이제 양이 아니라, 그 질로 승부를 보아야 하는 때였다.

"그리고 그것은 군량미도 마찬가지겠지요?"

"그러네. 애석하다고 해야 할지. 올해가 50년간 가장 풍년이라네."

이번엔 비도 많이 오고 엄청난 풍년이 왔다. 그 때문에, 이런 일을 도모할 때 가장 장애가 되는 '군량'에 관해서는 걱정을 할 필요가 없었다.

하지만 이건 애석한 점이라고 봐야 했다.

풍년이라면, 황제의 곳간에는 군량이 차고도 넘치고 있기 때문이었다.

차라리 흉년이라도 들었으면 황제의 곳간 역시 텅텅 비었을 테고, 차라리 텅텅 빈 상태에서는 적은 병사를 운용하는 쿠데타 세력이 더 유리했을 텐데, 지금은 풍년이라 그런 요행도 바랄 수가 없게 되었다.

그러니 양보다는 질을 키워야 했다.

그리고 그것은 이곳에 있는 모든 이들이 다 알고 있는 사실이라, 새삼 묘안이라고 볼 수 없었다.

묘안은 이제부터 나와야 한다.

바로 경식의 입에서부터 말이다.

"에리오르슈만의 방식을 사용하려 합니다. 그러니 여기에 있는 모든 분들은 제 지시에 따라주셨으면 합니다."

경식의 말에 모두가 고개를 끄덕였다.

이제부터가 시작이었다.

*   *   *

경식이 모두를 불러 굳이 저런 말을 한 이유는, 모두에게 조력을 얻기 위함이다.

굳이 조력을 얻으려고 힘을 쓴 이유는, 많은 자금력도 자금력이지만, 일반인이 생각하기에 '저런 짓을?' 이라고 생각되는 부분이 많기 때문이다.

경식은 에리카가 머릿속에 주입해 준, '에리오르슈 가문의 힘 이용사전'을 떠올리며 말했다.

"참 무식하면서도 현명한 방법들이 많네."

그리고 그 무식하고도 현명한 방법 중 하나가 경식의 손. 정확히는 손에 들려 있는 양피지에 그려져 있었다.

똑똑똑.

"들어와."

경식이 들어가자, 슈아가 반갑게 맞았다.

슈아는 책상 위에 마법도면을 펼쳐 놓고 열심히 마법진을 그리고 있었다.

그 마법진을 훑어본 경식은 '이게 뭐냐'고 물어보려다가, 그 마법진에 대한 정보가 '사전'에서부터 머릿속에 전해져 들어와 입을 다물었다.

이미 저 마법진이 무엇을 하는 마법진인지 알아차린 탓이었다.

"무슨 일로 왔는지 알 것 같아, 오라버니."

슈아가 경식의 손에 들린 양피지. 그 양피지에 그려져 있는 마법진을 얼핏 보고는 미소 지었다.

"응. 너도 준비를 철저히 하고 있었구나."

경식이 전해 주려던 마법진은 에리오르슈 가문의 비전 마법의 액기스. 10퍼센트였다.

그리고 슈아는 이미 그 10퍼센트가 빠진 나머지 90퍼센트를 그동안 열심히 그려온 상태였다.

얼핏 양피지를 훑어본 슈아가 경식에게 빈정댔다.

"오라버니 그림 정말 못 그린다."

그 말에, 경식이 싱긋 웃으며 고개를 끄덕였다.

"그림 잘 그리는 여동생이 있는데, 굳이 내가 잘 그릴 필요는 없잖아?"

슈아의 얼굴이 짐짓 붉어졌다.

"바보처럼 그렸어도 내가 잘 알아보면 되니까?"

"바로 그거지."

슈아가 싱긋 웃으며 고개를 끄덕였다.

"그래도 알아볼 정도는 돼서 다행이야. 세상에…… 전대 가주님께서 직접 작업하시던 걸 내가 하게 되다니…….'"

슈아는 뭔가 황홀하다는 듯 마법진을 바라보았다. 그것을 그대로 자신이 그리던 마법도면에 적용시키기 시작했다.

"……."

10분여 시간 동안 아무 말도 없이 슈아는 작업을 계속했고, 경식 역시 방해하기 싫어서 방을 나섰다.

이제 제이크에게 갈 차례였다.

* * *

제이크는 눈을 부릅뜬 채 구슬땀을 흘렸다. 근육들은 하나하나가 터질 듯 부풀었고, 구렁이 수십 마리가 맥동하듯 꿈틀거렸다.

그의 손에는 검 한 자루 쥐어져 있었는데, 당연하지만 소울이터였다.

'그런데 크기가…… 저렇게 컸던가?'

소울이터는 제이크의 키만큼이나 길고 두꺼운 검이었다. 그런데 그 검의 크기가 족히 2배는 더욱 거대해져 있었다.

그리고 겉 표면이 갈색이다.

제이크의 소울 에너지와 똑같은 색깔이었다.

2배는 거대해진 소울이터를 들고서 미동도 하지 않는 제이크.

분명히 수련중일 터였다.

"당신도 그냥 강한 건 아니었군요?"

그 말에, 제이크는 씩 웃으며 힘겹게 고개를 끄덕였다.

"근성……으로 만들어진 결과이지요."

"지금은 무슨 훈련 중이신가요?"

"소울이터를 완전히 개방…… 시키고! 그것을 소울 베슬 1단계만으로 들고 있는…… 중입니다."

"……."

경식도 2단계가 되어봐서 안다.

1단계와 2단계의 차이는 말 그대로 어린아이와 어른의 차이이다.

어른이 들고 다니는 양손검을 일곱 살 어린아이가 들고 있는 것보다 훨씬 열악한 환경을 제이크는 일부러 만들어서 재현해내고 있는 것이었다.

"주인님……은! 아직 이런 과정이 필요치 않으시지만, 저처럼 한계까지 소울 베슬을 혹사시킨 상태에선…… 내실이 더욱 중요하지요!"

"3단계의 끝을 보셨나요?"

"클…… 늦게 시작한 것치곤 놀라운 성과였습니다."

소울 베슬.

보통 3단계까지 있는데, 제이크는 늘그막이 에리오르슈 가문에 투신하여 범인의 최고 단계라는 3단계를 이룩해 내었다.

"일곱 살 때 입문해야만 대성할 수 있는 공부를 서른이 넘어서 입문하고, 대성하셨군요."

"근성과…… 에리오르슈 가문과의 으리…… 덕분이었지요."

후우!

제이크가 한숨을 내쉬자, 소울이터의 크기가 원래대로 돌아왔다. 터질 듯한 제이크의 근육 역시 정상으로 돌아왔다.

"저는 소울 베슬 3단계에서 큰 상처를 입은 상태입니다. 그래서 3단계로 올라설 수 없지요. 3단계의 힘은 한정적으로밖에 사용하지 못합니다. 지금은 그것으로도 충분했지만, 앞으로는 모르지요. 빨리 상처를 회복해야 합니다."

"그러려면 '집혼석'이 많이 필요하겠지요?"

"지당하신 말씀입니다."

그 말에, 경식이 빙긋 웃었다.

"가문에서 병사들의 훈련을 맡으신 적이 있으신가요?"

그 말에, 제이크가 당연하다는 듯 고개를 끄덕였다.

"저는 전대 가주님의 오른팔. 즉, 장군이었습니다."

"그렇다면 문제없겠군요."

제이크의 눈썹이 꿈틀거렸다.

"문제는 '집혼석'입니다."

"그 문제라면, 곧 슈아가 해결할 거예요."

그 말에, 제이크의 얼굴에 큰 화색이 돌았다.

"양도 많아야 합니다!"

경식의 눈동자가 허공을 배회하다가 반짝 빛났다.

"엄청 많을 겁니다. 밤하늘의 별만큼이나 말이지요."

"그거라면 되었군요! 저는 그럼, 제 잘난 맛에 사는 것들에게 근성과 으리를 불어넣고 있겠습니다!"

"넵~."

제이크는 자신이 할 일을 할 것이다.

슈아가 10프로를 위한 90프로의 작업을 하고 있었듯, 제이크 역시 경식이 무엇을 할지 알았으니, 거기에 맞추는 90퍼센트의 물밑작업을 할 것이다.

'문제는 나다. 잘 해내야 할 텐데.'

해 봐서 아는 것과, 들어서 알지만 처음 해 보는 것은 엄연한 차이가 있다.

경식은 지금 에리오르슈 가문의 것을 '글로 배웠다'라고 할 수 있다.

이것을 응용하는 첫 단계.

잘 되어야 할 텐데, 큰일이긴 큰일이다.

*　　　*　　　*

그러는 가운데, 며칠 동안 탱자탱자 놀고만 있던 란시아가 경식을 찾아왔다.

그리고 다짜고짜 이마에 입을 맞췄다.

"뭐, 무슨 짓이세요?"

경식이 얼굴이 새빨개져서 그렇게 말하자, 란시아의 눈빛이 게슴츠레하게 변했다.

"충분히 피할 수 있었을 텐데?"

[그러게에! 추웅분히 피할 수 있었을 텐데에에에!?]

"……."

경식은 옆에서 씩씩거리는 구미호의 말은 무시하고, 란시아의 질문은 다른 질문으로 대답을 대신했다.

"떠나신다고요?"

란시아가 순순히 고개를 끄덕였다.

"내가 할 일도 없잖아."

맞는 말이었다.

지금 란시아는 방해가 되지 않을 뿐, 도움도 되지 않았다.

"나도 나름 바쁘단다. 그러니 날 잡아둘 생각 하지 마렴."

그 말에, 경식은 머리를 긁적이며 고개를 끄덕였다.

"언젠간 다시 또 만나겠죠."

"그래, 필요할 때 짜잔 하고 나타나는 게 나의 특기잖니?"

"그러게 말이에요."

란시아가 허무의 망토를 두르고 사라지려다가, 멈칫하더니 경식을 째려본다.

"너! 내 보구들이 필요할 때가 오겠니?"

생전에 푸른 허무가 사용하던. 그리고 지금은 란시아의 것이 된 보구들.

그것은 경식과 연결된 푸른 허무가 소환하면, 세상 어디에 있든 모습을 드러내는 편리한 귀물이다.

물론 란시아의 입장에선 갑작스럽게 홀딱 벗게 되는 골칫덩이이기도 하지만.

"하핫!"

경식은 고개를 저으며 싱긋 웃었다.

"되도록 사용하지 않도록 노력할게요!"

"그래주면 좋지만, 그게 아니라면 보구를 사용한 후에, 네 위치를 알려. 내가 찾으러 갈 테니. 물론 내 정신적인 피해 보상도 각오해 둬야 할 거야. 알겠니?"

경식이 쓴웃음을 지으며 고개를 끄덕였다.

"알겠습니다."

"그럼. 다음에 보자꾸나."

란시아는 허무의 망토를 두르고 사라졌다.

"흐음!"

경식은 란시아가 사라진 방향을 멍하니 바라보다가, 자신의 방으로 이동했다.

이동하는 길에 옆에 있던 구미호가 빈정거린다.

[흥. 아주 섭섭하다는 눈치다?]

"아무래도 미녀 누님이 가버렸는데, 섭섭하지 않겠어?"

[내가 더 예쁘거든? 그리고 그건 너도 알거든?]

그 말에, 경식이 지나가는 투로 말했다.

"흠, 넌 허상이잖……아?"

경식은 말을 하다 말고 입을 다물었다. 말이 심했기 때문이다.

과연 구미호는 명랑하던 입을 다물고 경식을 처량하게 바라보고만 있었다.

[그래. 허상이다. 됐냐?]

"아니 그게 아니라…… 그리고 실지로 허상도 아니잖아?"

[날 필요로 하지 않은지, 꽤 됐어, 너.]

"아니 그건…… 너도 알잖아? 너와 내가 합쳐지면……."

[누가 몰라? 나도 알아. 안다고. 알아서 가만히 있잖아, 내가.]

"으음."

[서러워서 진짜.]

경식과 합쳐지면 누구보다 강한 힘을 발휘할 수 있지만, 현실에서 그랬다간 경식의 신체구조가 조금씩 바뀌고 만다.

그걸 방지하기 위해, 그녀는 아무것도 안 하고 있었다. 경식 역시 그녀를 찾지 않았고 말이다.

[넌 앞으로도 날 직접적으로 사용하지 않겠지. 그리고 그게 맞아. 그래서 슬퍼.]

"왜 그게 슬픈데?"

[내 존재가…… 왠지 너에게 해를 끼치는 것 같단 말이야.]

"전혀 그렇지 않아. 내가 얼마나 널 필요로 하는데 그래?"

[거짓말.]

"거짓말이 아니야."

[그것도 거짓말.]

"으음."

경식은 손을 들어, 구미호의 꼬리를 쓰다듬었다.

"벌써 이렇게 많이 생겨났네?"

[무, 무슨 짓이야? 꼬리를 만지면 어떻게 해!?]

구미호의 영혼 불이 오랜만에 다홍빛으로 물들었다.

부끄러워하고 있다는 증거였다.

[그리고 그런 식으로 위로하지 마. 그깟 스킨십으로……
어차피 슬퍼. 어쩔 수 없이 슬프다구.]

"슬픈 타이밍 조금만 늦추지 그랬어. 그러면 슬퍼할 일
없었을 텐데."

[……?]

경식이 싱긋 웃으며 자리에 누웠다.

"네가 너무 필요해. 네가 없으면 안 되는 일을 지금부터
할 거거든."

[……?]

구미호는 고개를 갸웃했다.

그리고 경식은 구미호의 궁금증을 말로 풀어 주는 대신,
행동으로 보여 줬다.

경식은 구미호를 꼬옥 끌어안았다.

[꺄악! 무슨 짓이야!]

경식이 씩 웃으며 그런 구미호를 더욱 끌어안았다.

"흡수!"

곧이어 경식의 명치. 정확히는 여우구슬이 있는 곳으로
그녀의 몸이 빨려 들어갔다.

"……!"

경식의 눈동자가 황금빛에 가까운 주황색으로 물들려 할 때,

경식은 본격적으로 소울 브리딩을 시작했다.

스읍.

하아.

스으으읍.

하아아아아아아아.

곧이어 그의 의식이 현실과 멀어지며, 무의식의 물길 속을 헤엄쳐 들어갔다.

그의 목적지는,

다름 아닌 영혼들의 휴식처였다.

　　　　　*　　　*　　　*

구미호는 눈을 뜨고 주변을 둘러봤다. 아니, 주변을 둘러봤다기보다는 경식과 시선을 '공유' 했다.

놀라려고 입을 벌리는 것도 잠시였다. 벌려지지 않았다.

그녀는 지금 경식의 몸을 입고 있었고, 경식 역시 그녀를 흡수한 상태.

말하자면 링크한 상태였다.

경식이 씩 웃으며 말했다.

=내 주도 하에 링크가 된 건 거의 처음인 것 같은데?

그 말에, 구미호가 침착함을 되찾으며 넌지시 고개를 끄덕였다.

[으응. 처음인 것 같아.]

세 번째 링크.

첫 번째는, 경식에게 싱크 상태에서의 운용법을 가르쳐 주기 위해 구미호가 주도권을 잡았었다.

두 번째는, 심장이 멈춘 경식을 살리기 위해 구미호가 다급히 직접 링크를 했었다.

그리고 지금이 세 번째다.

경식이 드디어 구미호의 힘을 자유자재로 운용하고 있었다.

=후우. 충만한 느낌이야.

하지만 이 상태를 오래 유지하진 못한다. 구미호의 힘은 강력하지만, 그 강력한 힘을 사용할 때마다 소울 에너지가 썰물 빠지듯 빠져나가기 때문이다.

그러니 지금 구미호의 힘을 사용했다간, 1분도 버티지 못하고 링크가 깨지고 말 것이 분명했다.

그러니,

다른 영혼들의 소울 에너지가 필요했다.

=…….

경식은 손을 쥐락펴락하며 주변을 둘러봤다.

주변엔 회색 바람과 붉은 어금니. 그리고 푸른 허무가 경식을 바라보고 있었다.

"취이익! 이곳에 온 이유! 그것은 너와 내가 할 수 있는 감정의 공유! 취이이익!"

회색 바람이 씩 이를 드러냈다.

붉은 어금니 역시 경식을 바라보며 능글스럽게 웃는다.

"우리들의 복.수를 갚아주.어라. 아니, 우리가 힘을 합쳐서 갚는 복.수다."

복수라.

경식이 싱긋 웃으며 고개를 끄덕였다.

=그러네. 너희에겐 복수겠네. 어찌 되었건, 모두들 나에게 힘을 빌려주겠어?

붉은 어금니나 회색 바람과 같은 영혼과 직접 빙의하면, 경식과 영혼의 소울 에너지가 합쳐져서 싸우게 된다.

하지만 구미호와 빙의를 하면, 지금껏 포섭(?)한 영혼들의 소울 에너지 전체를 사용할 수 있다.

반대로 말하자면 모두가 경식과 구미호에게 힘을 몰아줘야 한다는 이야기가 된다.

그리고 지금 세 영혼이, 구미호와 링크한 경식에게 힘을 쏟아 내 주어야 하는 상황이었다.

푸른 허무가 이 상황에서도 빈정댄다.

"힘은 빌려주겠소. 하지만 착각하지 말고 알아 두시오. 나는 당신에게 힘을 빌려준 것이 아니라, 구미호님께 나의 온 힘을 바치는 것임을!"

=아이고, 어련하시겠어요?

곧이어 구미호가 경식의 머릿속에 신호를 보냈다.

[그것참. 저 녀석은 왜 싫다는데도 나에게 추파를 던지는지 모르겠엉.]

경식 역시 동의하는 바였다.

'아마 네가 인간 형태로 둔갑한 모습을 본 후로부터 저런다던데?'

그 말에, 구미호의 목소리가 약간은 들떴다.

[흐, 흐응! 예쁜 건 알아가지고!]

'뭐 사람마다 취향이 있는 거니까?'

[……지금 그거 무슨 뜻이야?]

아이고. 말실수를 해 버렸다.

경식이 곤란한 것을 알기라도 하듯, 세 영혼은 양손을 펼쳐 경식에게 힘을 밀어 넣기 시작했다.

[무슨 뜻이냐니까? 야!]

'집중. 집중 좀 하자!'

경식이 억지로 눈을 감고, 세 영혼이 보내오는 힘에 집중했다.

그리고 곧, 경식의 몸에 변화가 일어났다.

화류류류류룡!

경식의 몸 주변을 다홍빛의 소울 아머가 감싼다.

회색 바람의 것처럼 거칠지도, 붉은 어금니의 것처럼 번들거리지도 않는, 바람이 불면 파도처럼 나부낄 것처럼 부드러운 소울아머였다.

그것은 털이었다.

바로 살아생전 구미호의 몸을 감싸고 있던 가죽과 비슷했다.

그리고.

쫑긋!

귀 모양의 소울아머가 경식의 머리에 솟아난다.

눈동자의 색깔은 황금빛에 가까운 다홍색으로 물들었고, 엉덩이에선 원래 있었던 것처럼 꼬리가 뿜어져 나왔다.

2미터에 육박하는 3개의 꼬리였다.

경식이 꼬리를 보고 피식 웃었다.

경식은 투마를 흡수할 당시 만났던 알스와의 격돌 때를 떠올리며 싱긋 웃었다.

=처음엔 1미터도 안 되는 비루한 꼬리 두 개였는데.

[그거야 컨디션이 최고일 때이니까 그렇지! 영혼의 개수대로 꼬리가 뿜어져 나오는 게 당연하잖아?]

'그렇지?'

[그나저나 아까 그거 무슨 뜻으로 한 이야기였냐니까? 취향? 내 얼굴이 취향 타는 얼굴이니? 응?]

'……'

경식은 구미호의 말을 애써 무시하며, 어느 사이엔가 다가온 거대한 실루엣을 바라봤다.

실루엣의 크기는 자그마치 5미터.

그 거대한 크기가 경식의 몸에 비추는 햇살을 가로막고 있었다.

지상 최강의 마물, 오우거.

오우거 중에서도 전무후무한 최강의 객체.

투마.

그녀가 경식을 노려본다.

얼굴엔 이전에 없던 감정이 묻어난다.

바로 불안감이다.

"무엇. 힘. 도대체!"

투마는 지금껏 경식이 아는 체를 해도, 인사조차 하지 않은 채 바위에 누워서 햇볕이나 쬐고 있었다.

오랜만에 이곳에 온 경식이지만, 반가운 마음도 없었다. 그가 이곳에 와서 무슨 말을 하건, 뭔가를 하건 투마는 관심이 없었다.

하지만 느껴진, 오한이 떨릴 만큼의 거대한 압력!

그래서 투마는 튕기듯 일어나 경식의 앞에 서서 눈을 부릅뜨고 있는 것이었다.

"도대체! 물었다! 무엇!"

=호오, 격한 반응인데?

경식은 투마를 바라보며 또박또박 말했다.

=너도 잘 알고 있을걸?

에리카는 투마를 굴복시키는 방법을 가르쳐 주었다.

바로 지금처럼, 영혼의 그릇 안에서 구각랑과 직접 링크하여 그 위압감으로 투마를 굴복시키는 것이다.

지금 경우에는, 구각랑이 아니라 구미호라고 말해야겠지만 말이다.

=어떤 힘과 비슷하지 않아?

"……."

투마는 잠시 할 말을 잃더니, 이를 씨익 드러내며 말했다.

"구각랑……!"

=그래, 나의 경우에는 구각랑이 아니라 구미호. 너도 잘 알지?

"여자. 많다. 말. 이었던!"

[야! 쟤 지금 뭐라는 거야?]

경식이 한숨을 내쉬며 통역해 주었다.

'말 많은 계집애……라고 하는데?'

[저, 저게 진짜 사지가 쪼개지고 싶나!]

아이구. 말이 거칠다.

'진정해. 우리의 의도를 잊었니?'

경식과 구미호는 투마와 싸울 생각이 없었다.

그저 뿜어지는 소울 에너지의 압박감으로 굴복시키려고 링크를 한 것이었다.

구각랑의 힘으로 투마를 굴복시켰다면, 구미호 역시 충분히 가능할 것이기 때문이다.

경식이 투마를 똑바로 노려보며 말했다.

=나는 너의 힘이 필요해. 너는 상대방의 마나를 기세로 흩트리는 힘을 가지고 있잖아? 그걸 나도 사용하고 싶은데, 힘을 주면 안 될까?

정중했지만, 투마는 들어줄 생각이 없는 듯했다.

"해라. 굴복시킨다. 나다. 아니다. 도와주다!"

굴복시키지 않으면 도와주지 않겠다는 뜻이다.

=그렇다면 어쩔 수 없지.

경식이 다홍빛으로 물든 눈동자에 힘을 주었다.

스으읏!

곧이어, 투명한 허공이 끓어오르며 아지랑이가 피어올랐다.

주변의 기온이 올라가고 있다는 반등이었다.

화륵!

경식이 밟고 있던 잔디밭이 누렇게 죽었고 그 세가 넓어지며 투마에게로 가까워져 갔다.

투마는 그 기운에 맞서서 싸울 생각은 안 하고, 뒤로 주춤주춤 물러나다가 엉덩방아를 찧고 말았다.

쿵!

"크르르르. 크르르!"

투마는 마치 옛날의 트라우마가 되살아나는지, 발작적으

로 뒤로 물러나려 했지만, 그녀가 뒤로 물러나는 속도보다 기운이 확산되는 속도가 빨랐다.

곧이어 경식과 구미호의 소울 에너지가 투마의 온몸을 옥죄었다.

"……!"

투마는 순간 떠올렸다.

엄청난 한기를. 온몸에 솟아져 나오는 고드름을! 그리고 영혼까지 얼려버리는 그 잔인한 한기를!

그리고 성격이 정 반대이지만, 경식이 뿜어내는 기운 역시 투마에게 두려움을 심어주기엔 충분하고도 남음이 있었다.

온몸이 뜨거웠고, 열기로 인해 살이 익어버릴 것만 같은 느낌이 들었다.

심장이 두방망이질 쳤고, 몸에서 익은 고기 냄새가 나기 시작한다.

그리고 투마의 영혼은 구각랑의 얼릴 듯한 한기와는 달리 금방이라도 타들어 갈 것 같이 뜨겁게 달궈지고 있었다.

"끄르르르르르!"

경식은 괴로워하는 투마를 바라보며, 더욱 거세게 밀어붙이려 했다.

'굴복시키려면 어쩔 수 없어!'

힘을 거세게 밀어붙였고, 거기에 따라서 투마의 표정이 더욱 일그러졌다.

"크아아아아아아아!"

투마가 괴로워했다.

그걸 보는 경식의 마음 역시 안타까웠다.

=굴복하란 말이야!

"견딘다! 죽지 않는다아아!"

크르러러렁!

투마가 비명에 가까운 포효를 내지르며 주먹으로 바닥을 가격했다.

꽈가가강!

바닥에 금이 가며 깨져나갔지만, 바뀌는 건 없었다. 그저 의지의 표현일 뿐, 트라우마에 휩싸인 투마가 할 수 있는 건, 아무것도 없다.

괴로워하는 모습을 보는 경식의 얼굴 역시 괴로움으로 일그러졌다.

그도 이러기는 싫지만, 어쩔 수 없는 상황이란 것도 있는 것이다.

=괴롭지만…… 시간 싸움일 것 같네. 얼마나 버티든……

시간문제야. 그래 좋아, 누가 이기나 해 보자!

경식이 그리 말하며 더더욱 기운의 출력을 높였다. 자연스레 투마의 비명 소리가 더더욱 커진다.

그리고 그때, 구미호가 난처하다는 듯 말했다.

[저기…… 경식아?]

'응? 왜! 집중하고 있는 거 안 보여?'

[아니 그건 알겠는데에…….]

구미호가 한숨을 내쉬며 진실을 고했다.

[우리 연료 다 떨어진 것 같아.]

'……연료라니? 무슨 소리야?'

[아니…… 힘이……!]

'응?'

퍼엉!

힘을 주고(?)있던 경식의 몸에서 터지는 소리와 함께 구미호와 경식의 몸이 뒤로 쭉 밀려났다.

물론 분리 된 상태였다.

"뭐, 뭐야? 이게 뭔데?"

그 말에, 구미호가 머리를 긁적이며 말했다.

[쟤…… 잘 견딘다.]

말 그대로, 기운을 발산하다가 소울 에너지가 바닥이 난 것이었다.

"뭐야. 이렇게 빨리?"

[빨리라니…… 30분 동안이나 버텼는데.]

30분 동안 버텼지만, 결국 경식과 구미호는 투마를 굴복시키지 못했다.

"크르르르르르."

"…….."

크아아아아아아아!

투마가 상처 입은 괴수처럼 흉성을 토해 내며 경식에게로 가까워져 갔다.

그녀의 주먹에 직격하했다.

빠각!

투마녀석. 더럽게 잘 견디네.

그것이 경식의 마지막 의식이었다.

＊　　　＊　　　＊

"쯧쯧. 정신이 드느냐."

"……크응."

경식이 자리에서 일어나 주변을 둘러보며 말했다.

"정신을 잃어서 이곳으로 온 거야?"

"그렇다. 네놈. 투마에게 졌지?"

놀리듯이 하는 그 말에, 경식이 시무룩하니 고개를 끄덕였다.

"잘 버티던데?"

"어휴. 한심한 것!"

에리카는 경식이 투마를 굴복시키지 못한 이유를 차분히 설명했다.

사실 굴복시키지 못한 이유는 단순했다.

힘의 총량.

그리고 출력이었다.

"압박을 하려면 제대로 해야 하느니라. 하지만 뿔이 3개……."

"구미호의 경우에는 꼬리야."

"그래. 그…… 꼬리가 3개라면 불가능하지 싶다."

일전. 구각랑의 힘으로 투마를 굴복시킬 때에는, 직접 링크했던 구각랑의 뿔이 무려 8개였다.

"10분이 되지 않아 설설 기었었다."

하지만 지금 구미호의 꼬리는 3개.

그만큼 힘의 총량이 적고, 출력 역시 미약하기 때문에 투마를 기세로 굴복시킬 수 없다는 결론이 나온다.

"그, 그럼 어떻게 해?"

"가장 빠른 방법은, 꼬리를 8개로 만든 후 굴복시키는 것이지."

"100일 안에 그럴 수 있을 리가 없잖아?"

100일 안에, 투마의 힘이 절실하게 필요했다.

하지만 투마는 경식에게 힘을 주지 않는다. 그래서 굴복시키려 했지만, 실패한 지금은 울고불고 싹싹 빌어도 경식에게 힘을 빌려주지 않을 것이다.

"……이건 내가 어떻게 해 줄 수 있는 부분이 아니구나."

"……"

"미안하다. 망했구나."

"……"

경식은 에리카와의 대화에서 아무것도 얻지 못한 채 잠에서 깨어나 벌떡 일어났다.

기다리고 있던 구미호가 그에게 쪼르르 달려왔다.

[미안해. 힘과 출력이 딸려서.]

"너도 패인을 아는구나?"

[너무 당연한 이야기지 뭐. 그년 참 독하다. 독해. 지 가 죽보다 독한 년일 거야.]

오우거 가죽보다 독하다.

이 세상에서 많이 쓰는 비유였다.

쇠심줄보다 더 질기고 독하다는 말과 비슷한 느낌이랄까?

"그렇다고 인정해버리면 안 되지."

에리카는 망했다고 했고, 구미호도 순순히 경식에게 안 될 것 같다고, 미안하다고 말한 이 시점에서,

경식의 눈은 오히려 더욱 빛나고 있었다.

"이제부터 시작이야. 내가 상황을 주도하기로 마음먹은 시점에서, 이런 에로사항이 나왔다고 해서 좌절할 순 없어."

[어떻게 하게?]

경식이 조용히 뇌까렸다.

"이번에도 내 방식이지 뭐."

[무슨 방식인데?]

경식은 끝까지 웃음을 잃지 않았다.

"내 방식이, 뭐 특별한 게 있나 어디."

*　　　*　　　*

이튿날. 경식은 또다시 구미호와 링크한 후, 영혼들의 앞

에 섰다.

세 영혼들이 경식의 부탁에 따라 자신들의 힘을 경식에게 몰아주었다.

하루의 휴식시간은 모두의 소울 에너지를 다시금 차오르게 하기에 충분했다.

문제는 투마 역시 회복되었다는 것이지만 말이다.

크아아아!

투마가 경기를 일으키며 펄쩍펄쩍 뛰며 경식의 바로 앞으로 벼락처럼 떨어져 내렸다.

꾸웅!

"죽인다. 가라. 또다시. 싫다!"

이미 구미호와 링크된 경식은, 세 개의 꼬리를 하늘거리며 그윽한 눈초리로 투마를 바라볼 뿐이었다.

=이번엔, 내 식대로 할 거야.

츠츠츠츳!

경식에게서 뿜어져 나온 기운이 또다시 투마를 덮쳐 왔다.

"크르! 견딘다!"

투마가 온몸을 잔뜩 기장한 채, 앞으로 닥쳐올 고통에 대비했다.

하지만 예상했던 고통은 없었다.

뜨거웠던 기운은 한없이 누그러져, 오히려 '따듯하다' 는 느낌이 들 정도로 기분이 좋았다.

말 그대로 훈훈하고 따스한 기운이 투마를 감싸고 있는 것이었다.

나그네의 옷을 벗기는 건 강풍이 아니라 따스한 햇살이라고 했던가?

잔뜩 긴장했던 투마의 표정이 부드럽게 변했다.

투마는 그 변화에 자신도 놀라, 뒤로 주춤 물러났다.

"의도하다. 무엇인지. 안다. 아니다!"

그 말에, 경식이 그윽하게 웃으며 화답했다.

=의도한 걸 몰라도 어쩔 수 없어. 내가 지금 사용할 수 있는 힘의 양과 출력으로는, 너를 굴복시키지 못해. 그러니, 나는 너를 기운이 아니라, 힘으로써 굴복시킬 거야.

경식이 오른발로 땅을 강하게 굴렀다.

쿵!

경식의 자세는 흡사 프로레슬러들이 즐겨 사용하는 바디 체크의 자세와 비슷했다.

=힘겨루기. 좋아하지?

"……?"

=힘이 장사인 너에게, 힘으로 도전한다. 너를 쓰러뜨리고, 졌다는 소리가 나올   때까지 계속할 거야.

상황을 이해한 투마가 이죽거렸다.

"나를? 네가! 까짓거!"

[네까짓 게 나를? 이라고 말하는 거지, 지금 저 녀석이?]

경식은 구미호의 질문에 웃음으로 대답하며, 손가락으로 투마를 가리켰다.

=너의 독함은 잘 알았다. 이제 나의 독함을 네가 맛 볼 차례다!

"깔깔깔깔깔깔깔!"

우르르릉!

귀곡성과도 같은 울림이 주변 일대를 장악했다.

그 소리를 들은 일순간. 경식은 엄청난 압박감에 사로잡혀 뒤로 주춤 물러날 뻔했다.

'이게 바로, 내가 원하는 녀석의 능력……!'

구미호와 링크된 경식이 이 정도일진대, 마나를 다루는 기사들이 이 울음소리에 당한다면, 발출했던 마나 블레이드가 사그라드는 것은 당연한 결과이지 싶다.

'이 힘이 필요해.'

=뭐하냐? 덤비지 않고. 네 장기잖아? 힘으로 찍어 누르

기는 말이야.

씨익.

경식이 웃었다.

씨이이익.

투마의 입가에도 미소가 그려졌다.

말 그대로 악귀의 미소.

그 미소가 사라지며 투마의 몸 역시 촛불 꺼지듯이 사라졌다.

경식의 눈이 부릅떠졌다.

'온다!'

[준비하고 있지, 당연히!]

곧이어 투마의 몸체가 경식의 바로 앞에서 모습을 드러냈다.

엄청난 폭발력으로 인해 튕기듯 움직인 몸이 경식의 눈에서는 사라진 듯 보였던 것이다.

둘의 몸이 맞부딪쳤다.

꾸우우웅!

또다시 맞부딪쳤다.

콰앙!

또다시.

퍼걱!

다시 한 번!

콰아앙!

둘 중 한 명이 날아갔다.

*　　*　　*

"푸하아아!"

경식은 에리카가 있는 곳을 지나칠 틈도 없이 자신의 무의식에서 강제추방 당했다.

"허억. 헉. 허어어억! 크윽!"

힘이 하나도 없었다.

[그 계집애, 역시 강해.]

"그래…… 알아."

경식이 인정한다는 듯 순순히 고개를 끄덕였다.

"그리고 기대가 돼. 그 힘이 내 것이 된 순간이."

[……멋있는 말 하기는.]

구미호의 얼굴이 발그레해졌다는 걸 경식이 알고나 있을까?

경식은 비오듯 흐르는 땀을 닦으며 다짐했다.

"강한 녀석이지. 하지만, 보여 줄 거야. 내가 더 강하고, 내가 그 녀석보다 끈질기다는걸."

그래, 이번엔 투마의 완승이다.

하지만 경식의 싸움은 이제부터가 시작이었다.

Chapter 5
흡정석의 힘

깨끗한 잔디와 묘목들이 어우러진 정원에 두 남자가 검을 들고 대치하고 있었다.

한 명은 아란츠.

그리고 또 한 명은 오르거 자작.

둘은 서로 대치하더니, 곧이어 검을 들어 맞부딪쳤다.

까각! 하는 소리 이후에 이어지는 엄청난 공방전.

둘은 서로 대등하게 맞붙더니, 30합이 넘어가자 점점 아란츠가 밀리기 시작했다.

그도 그럴 것이, 아란츠는 소드 익스퍼트 최상급이고 오르거 자작은 소드마스터였기 때문이다.

이렇게 버틴 것만 해도 대단한 것이었다.

"후우! 후. 졌습니다."

아란츠가 검을 집어넣고 목례를 하며 항복했다. 오르거 자작이 그런 아란츠에게 싱긋 웃어 주었다.

"내가 겪은 최상급 중 최고로군."

"과찬이십니다."

"아니. 검술만 따지면 그 센스는 나를 능가하네. 만약 동등한 최상급이었다면, 졌다고 말하는 건 나였을지도 모르지."

둘은 서로 덕담을 나누었다. 검이 나아가는 방향이라든지, 막은 후 반격방법에 대한 조언이라든지. 오르거는 아란츠에게 아낌없이 전수해 주고, 아란츠는 그런 오르거 자작에게 고마움을 표시하는 등 즐거운 시간을 보냈다.

검의 끝을 본 자와, 검의 끝을 보려는 자.

이야기의 화제는, 그 둘보다 더욱 강력한 누군가로 자연스레 이어졌다.

"나는 눈앞에 제이크가 나타났을 때, 숨을 쉴 수가 없었다오."

"저도 처음에 많이 놀랐습니다. 소문으로만 듣고 전설로 치부되던 그의 실물을 보다니…… 믿을 수 없었지요."

"만약 그와 검성이 겨룬다면 어떻다고 보는가?"

"……검성께서 이길 것 같다고 말씀드리고 싶습니다
만……."

"아무래도 그렇지? 검성께서 이길 거라는 장담을 할 수
가 없군."

회의 때 보여주었던 제이크의 기세.

그것은 소드마스터인 자신마저 덜덜 떨게 만들 만큼 강
력한 것이었다.

"그렇다면, 에리오르슈의 적자는 어떤가?"

"아, 쿠드님 말씀이십니까?"

에리오르슈 쿠드. 바로 경식의 이야기가 이어졌다.

"그렇지. 천하의 제이크가 주인님이라며 따르는 자 말이
네. 그자는, 강한가?"

아란츠가 곰곰이 생각하더니 고개를 끄덕였다.

"겪어본 바로는 충분히 강합니다."

"흐음. 부디 내가 낸 과제를 풀었으면 하는군."

오르거가 내준 과제. 그것은 3달 안에 마나 블레이드를
잠재울 수 있는, 에리오르슈 가문의 당주라면 능히 할 수
있는. 그리고 능히 해야만 하는 능력의 각성이었다.

"그는 충분히 잘해낼 겁니다."

"그렇겠지. 그래야만 하고 말이야."

둘이 그런 말을 하는 사이, 주변에서 우레와 같은 고함 소리가 들려 왔다.

그게 아니야!

우르르릉!

……!

이게 무슨 소리인가 싶어, 둘은 너나할 것 없이 몸을 날렸다. 둘의 청각은 극도로 발달하여 소리만으로도 그곳의 위치를 정확하게 알 수 있었다.

곧이어 도착한 곳은 백작령의 연무장이었다.

둘은 정문으로 들어가도 되지만, 굳이 벽을 올라 안쪽을 훔쳐보았다.

그곳엔 각기 다른 색깔의 갑옷을 입은 두 기사단이 있었다.

차이는 있지만 한 기사단의 인원이 50명 정도였다.

그러니 연무장엔 100명이 조금 넘는 기사들이 도열해 있다고 보아야 했다.

"아무래도 우리 세력의 기사단들인 모양이로군요?"

"아아, 그랬었지. 저기에 나의 기사단도 보이는군."

말 그대로 엘리트 중의 엘리트 집단.

알짜배기 기사 100명.

거대한 전력이 아닐 수 없었다.

자작이 가리킨 곳에는 붉은 갑옷을 입은 기사들이 질서 정연하게 서 있었다.

제국 내에서도 훌륭하다고 소문이 자자한 그의 붉은 매 기사단이었다.

"제이크가 기사단을 내어 달라고 하여 그러라고 했는데, 나의 기사단뿐이 아니라 다른 기사단도 있군?"

"반대쪽은 아마…… 푸른 물소 기사단이 아닐까 싶은데요?"

푸른 물소 기사단은, 고른 백작이 이끄는 50명이 넘는 기사단이었다.

오르거 개인적으로는 자신의 붉은 매 기사단과 언제고 경합을 벌여서 우위를 가리고 싶었던 기사단이기도 했다.

"그런데 저들이 뭐를 저렇게 보고 있는 걸까요?"

두 기사단들은 눈을 부릅뜬 채 무언가를 주시하고 있었다.

둘의 시야각에서는 보이지 않는 사각지대인 모양이다.

아란츠와 오르거는 벽의 면을 타고 사각지대가 보이는

곳으로 이동했다.

그곳엔 두 기사단을 노려보고 있는 제이크가 있었다.

곧 그의 호통소리가 주변을 천둥처럼 울렸다.

"너희는 근성이 없다!"

"……!"

모두의 표정이 어두워졌다.

그리고 그것은, 자신의 기사단이 포함되어 있는 오르거역시 마찬가지였다.

'나와 함께 동고동락하며 생사를 넘나든 나의 기사단을그렇게 폄하하다니?'

오르거의 생각이 어떻건 간에 제이크의 말은 계속해서이어졌다.

"본인들 스스로 최고라 생각하지. 그 허영심. 자만심! 근성이 들어차야 할 자리에 그딴 것이 들어가 있으면 어찌하는가!"

그때, 마침 기사 한 명이 인상을 잔뜩 찌푸리며 앞으로나왔다.

붉은 갑옷을 입은 기사 중 한 명. 오르거 자작이 총애하는 소드마스터 상급 기사였다.

"당신이 제이크인지 뭔지는 잘 모르지만, 우리가 근성이

없다고? 내가 모시는 주군께서는 소드마스터이시다! 당신
이 그 윗급인지 뭔지는 모르지만 말이야. 우리도 산전수전
다 겪고 이 자리에 있는 사람들이니 입 조심하는 게 좋지
않겠소?"

그 말에, 제이크의 입꼬리가 씩 올라간다.

"방금 짖은 것은 강아지인가, 호랑이인가?"

"……뭐, 뭐요?"

"붉은 매 기사단이라고 하였나?"

"그렇소!"

제이크가 붉은 갑옷을 입은 기사단. 즉, 붉은 매 기사단
을 찬찬히 살피더니 말했다.

"소드마스터 상급 한 명. 그리고 중상급과 중급이 스물
네 명인가!"

'한 번 훑어본 것만으로 그런 것을 가늠한단 말인가?'

기사는 침을 꿀꺽 삼키며 고개를 끄덕였다.

"그렇소!"

"다른 기사단들 역시 마찬가지. 다들 비슷하고 고만고만
한 수준이로군. 세상은 너희 같은 것들을 '엘리트'라고 부
르며 추켜세워 준다. 그렇지 않나!"

"……."

모두가 말없이 제이크의 말을 들었다.

"자신이 최고인 줄 안다. 그것을 중요한 덕목이라 생각하지. 네놈들의 영주들 역시 네놈들을 추켜세워 주었을 것이다. 그리고 그 안에서 괜찮은 대접을 받아 왔겠지. 이게 바로 우물 안 개구리! 지금 두 우물에서 살던 개구리들이 모두 모여, 눈앞에 있는 구렁이를 바라보고 있다. 내가 바로 그 구렁이지!"

울컥.

모두가 눈을 부릅뜨며 제이크를 노려봤다. 자신들은 개구리이고, 제이크는 구렁이.

제이크의 명성은 익히 알지만, 말 그대로 우물 안에서 최강을 맛본 개구리들인지라 쉽사리 받아들이기 힘든 모양이었다.

"웃기지 마시오! 아무리 당신이라도……."

"나라도. 무언가!"

무어냔 말이다!

우르르릉!

고함 소리가 천둥처럼 울려 퍼졌다.

모두들 합죽이가 되어 제이크를 응시했다.

제이크가 씩 웃으며 말을 이었다.

"네놈들의 자만심. 엘리트주의! 모두 버려라. 아니, 버릴 수 없겠지! 나 역시 그러했으니 말이다."

옛 일이 생각나는지, 제이크가 허공을 바라보며 씩 웃는다.

하지만 그뿐. 다시금 얼굴을 굳히며 말을 잇는다.

"내가 마음에 들지 않는가! 덤벼라. 한 놈이든 백 놈이든, 난 상대해 주겠다!"

"……."

하지만 모두들 섣불리 달려들지 못했다.

울컥하긴 했지만, 제이크와 그들의 무력 차이가 얼마나 크게 나는지 이미 알고 있기 때문이었다.

그 마음들을 읽은 제이크가 이죽거린다.

"100여 명의 엘리트 기사들께서, 나 하나 처단하지 못하는가! 좋다. 그렇다면 나 역시 오러를 사용하지 않겠다. 아니. 마나라는 녀석도 사용하지 않는다! 난 오롯이 근성만으로 너희를 상대한다! 그러니 와라. 근성 있는 자들은, 내가 마음에 들지 않는다면 얼마든지 덤비란 말이다!"

그 말에, 조금 전 대들던 붉은 갑옷의 기사가 비명 같은 고함을 지르며 달려들었다.

"으아아아아!"

그의 검에는 상급의 마나 블레이드가 이글거리고 있다.

제이크는 씩 웃으며 소울이터를 들었다.

소울이터에는 아무런 기운도 서려 있지 않았다.

쾅!

붉은 갑옷의 기사가 고무공처럼 튕겨서 벽에 처박혔다.

"단장님! 괘, 괜찮으십니까!"

"괘, 나는 괘, 괜……괜찮……."

가까스로 일어서려던 기사가 푹 고끄라져 혼절했다.

그것을 본 붉은 갑옷의 기사들 중 한 명이 이를 악물며 제이크에게로 다가갔다.

"저는 붉은 매 기사단의 부단장인……."

"곧 날려질 개구리가 말이 많구나! 집어삼켜 주랴!"

"……그럼!"

부단장이라는 자가 절제된 자세로 제이크에게로 달려갔다.

제이크는 역시 아무 기운도 서리지 않은 소울이터로 그 검격에 맞섰다.

쾅!

그리고 결과는 별반 다르지 않았다.

단장과 부단장이 사이좋게 널브러졌다.

꿀꺽.

그 광경을 지켜보고 있던 아란츠와 오르거의 입에선 마른침이 삼켜졌다.

'당신이라면 저렇게 할 수 있습니까?'

'마나운용도 없이 한 합에? 난 내 기사들을 그리 무르게 키우지 않았네.'

'저걸 보면 무른데요?'

'제이크가 대단한 거겠지……'

제이크가 이를 드러내며 웃었다.

"와라, 이 하룻개구리들아아아아! 떼로 덤비란 말이다아!"

하지만, 붉은 매 기사단의 3인자가 나와 예를 취한 후 다시금 제이크에게 대들었다.

쾅!

그리고 똑같은 신세.

"떼로 덤벼라. 자존심 세우지 마라. 자존심은 자격이 있는 이들만 세운다! 떼로 덤벼!"

그제야 붉은 매 기사단 모두가 떼로 덤비기 시작했다.

하지만.

콰콰콰쾅!

모두가 쓰러지고 널브러진 상태가 되었다.

…….

 모두가 넋을 잃고 그 광경을 바라보는 가운데, 제이크가 씩 이를 드러내며 나머지 네 기사단에게 말했다.

 "봤으면 알겠지. 너희는 내 상대가 되지 않는다. 떼로 덤벼!"

 하지만 그 말을 듣고도 그들은 떼로 덤비지 않았다. 떼로 덤비지 않는다면 승산이 없는 걸 알면서도 알량한 엘리트주의가 가시질 않은 것이다.

 그리고 모두 붉은 매 기사단과 똑같은 꼴이 되었다.

 아란츠와 오르거는, 그런 제이크를 바라보며 한 단어를 떠올렸다.

 '악마다.'

 '저것은 악마야.'

 자존심에 울고 웃고 죽고 사는 것이 기사다. 그런 기사들을 모두 모아 놓고, 무차별적으로 밟고 있었다.

 이러한 일방적인 폭력이라니!

 하지만 제이크의 폭력은 멈추지 않았다.

 곧이어, 붉은 매 기사단 전체가 정신을 차렸다. 가장 먼저 널브러진 대신, 가장 먼저 정신을 차린 것이다.

 붉은 매 기사단의 기사단장이 모두를 바라보며 힘겹게

내뱉었다.

"오우거 열 마리를 상대한다고 생각하고, 합격진을 펼친
다."

…….

모두들 아무 말 없이 고개를 끄덕였다.

오르거 역시 회심의 미소를 지었다.

'저 합격진은 내가 직접 고안한 합격진일세. 모두에게
전수해 주었고, 오우거도 손쉽게 사냥하는 최강의 합격진
이지. 아무리 제이크라도 힘들게야. 내가 저 합격진에 갇힌
다 한들…….'

콰아아앙!

오르거는 자신의 말을 끝마치지 못하고, 자신이 애지중
지 키워 온 붉은 매 기사단 20명이 한꺼번에 벽으로 날아가
처박히는 꼴을 보아야만 했다.

"크하하하하하하하!"

제이크의 웃음소리가 이어졌다.

하지만 그것은 시작에 불과했다.

나머지 네 기사단 역시 합격진을 펼쳤고, 똑같은 결과를
낳았다.

폭력은 해가 저물 때까지 계속 되었다.

해가 저문 후, 서 있는 이는 제이크 하나밖에 없었다.

그 제이크가, 벽의 한 귀퉁이를 노려보았다.

정확히 아란츠와 오르거가 있는 곳이었다.

"으리 없는 것들!"

……!

제이크는 그 한마디 한 후 사라졌다.

…….

아란츠와 오르거는 그제야 쓰러진 기사단의 모두를 건사했다.

제이크의 마지막 한 마디.

그것은 기사단이 학살(?)당하는 걸 지켜만 보고 있던 자신들에 대한 질책이었다.

"……부끄럽군."

"저도 같은 생각입니다."

이튿날.

모두가 회복되었고,

다시금 연무장에 모였다.

그때는 아란츠와 오르거 역시 함께였다.

"우리들이 보고 있으니, 힘을 내주길 바라오!"

"붉은 매 기사단. 그리고 모든 기사단들. 너희의 뒤엔 소

드마스터가 함께 있다. 그러니, 너희들이 죽을 일은 없을
것이다.”

기사단 들을 훈련시키기 위함이기 때문에 같이 싸우지는
못하지만, 뒤에서 지켜보겠다는 의미였다.

제이크가 씩 웃으며 이죽거렸다.

“으리 있군!”

“……이번엔 쉽지 않을 것이오.”

“기필코 당신을 쓰러뜨리겠습니다!”

오르거와 아란츠. 그리고 그 둘을 등에 업은 두 기사단들
은 기세등등했다.

그리고 격돌.

크헉!

해가 뉘엿뉘엿 질 때쯤,

그곳에 서 있는 사람은 세 명밖에 없었다.

“아직 멀었어!”

…….

가만히 있는 아란츠와 오르거.

그리고 그들과 마찬가지로 단 하나의 지친 기색도 없는,
바로 제이크였다.

＊　　　＊　　　＊

"꽤 무겁지, 오라버니?"

전혀 걱정하는 표정은 아니었지만, 슈아는 경식을 바라
보며 그런 말을 했다.

"으음. 무, 무겁긴 무겁네."

크기는 축구공만한 크기다. 하지만 무게로 따지면, 적어
도 50킬로그램은 되어 보인다.

경식이 아무리 이젠 보통 사람이 아니라고 해도, 들고서
어두운 광산을 한참 내려가고 있으니 팔이 저려 왔다.

[하이구. 그렇게 걱정되면 지가 좀 들어주든가? 요즈음
밤마다 고생하는 경식이를 왜 이렇게 못살게 굴어? 밤마다
얼마나 무리하는지 알아! 앙?]

'아니 왠지 말이 이상한데……?'

경식이 밤마다 무리(?)를 하는 건 맞지만, 왠지 슈아가
구미호의 말을 들었다면 상당히 오해의 여지가 있는 발언
들이었다.

"거의 다 왔어. 조금만 참아줘."

"그으래애……!"

곧이어 도착한 곳은 거대한 철문이 있는 광산 내의 한 공

간이었다.

끼이익, 소리와 함께 그 문을 열자,

어두웠던 지금까지와는 달리, 그곳엔 태양을 직접 마주 본 것처럼 눈이 시릴 정도의 빛이 있었다.

광산이다.

이곳은 분명 케케묵은 광산이었다.

그리고 지금은 그 광산의 가장 밑바닥.

빛이라곤 찾아볼 수 없어야 정상이거늘 빛이 뿜어져 나오고 있었다.

이곳이 그냥 광산이 아니었기 때문이다.

지금의 고른 백작령을 있게 해 준, 백작령의 젖줄.

바로 마나석 광산이었다.

"이곳이 마나석을 모아두는 저장고야. 이곳에서 캔 모든 마나석이 여기 있다고 봐도 된다고 내 상관이 말해 줬어."

"상관? 상관이 누군데?"

"고른 백작님이지 누구겠어? 나 예전부터 이곳의 전속 마법사였다구?"

슈아가 싱긋 웃으며, 마나석이 가득 채워져 있는 저장고를 가리켰다.

"저곳 한가운데에 그걸 내려놓아 줘."

"그래."

경식은 그 무거운 철공을 저장고 한가운데에 살포시 올려놓았다.

"흐으읍."

슈아가 눈을 감고 스펠을 외우기 시작하자, 그 무겁던 철공이 허공으로 둥실 떠올랐다.

이 철공은, 슈아가 지금껏 만든 '입체 마법진'이었던 것이다.

스펠을 외우다가 멈추고, 슈아가 경식을 바라보며 말했다.

"사실 내 원래 실력이라면, 이 마법진을 가동하는 데에 3시간 이상 걸렸을 거야."

슈아는 지금 5서클이다. 5서클이라면 이 마법진을 구동시키는 데에 그 정도의 시간이 걸린다.

"하지만 한 시간 내에 끝내겠어."

"그게 가능한 거니?"

"가능해. 왜냐면 난 더 이상 5서클이 아니거든."

그녀는 검은 진주에게 몸이 맡겨졌었다. 그리고 검은 진주는 흑마법사 케헤로 각성했다.

그러면서 슈아의 몸에도 변화가 생겼다.

흑마법사 케헤는 8서클의 대마법사다.

그리고 8서클을 온전히 사용하려면, 빌리고 있던 몸에 억지로라도 8서클을 새겨 넣었어야 했다.

때문에 지금 슈아는 8서클로 가는 고속도로가 뚫려 있다고 봐야 했다.

"깨달음이나 일정 양의 지식을 쌓아야만 올라가겠지만, 그냥 무작정 8서클로 올라가려는 것보다는 3배 4배 빠른 속도겠지."

흑마법사 케헤에게 몸을 빼앗겼던 일이 전화위복이 된 셈이다.

"아주 나쁜 일만은 아니었구나?"

"……그렇다기보다는, 그 나쁜 일에 대한 보상이라고 생각해 나는. 그러니까…… 나한테 미안해하지 마."

"……응?"

경식이 고개를 갸웃거리자, 슈아가 얼굴을 살짝 붉히며 경식의 시선을 피했다.

"나, 나를 구해 내지 못했었다고…… 자책할 필요 없어. 오라버니는 충분히 노력했었으니까."

왠지 모르게 훈훈해야 할 분위기가 되어 버렸다.

경식이 슈아의 말에 뭐라고 대답을 하려 할 때, 슈아가

재빨리 선수를 쳤다.

"이, 이제부터 제대로 주문 외울 테니까 가만히 있어. 집중력 깨진단 말이야."

경식이 슈아를 귀엽다는 듯 바라보더니 고개를 끄덕였다.

곧이어 1시간이 지나고, 슈아가 눈을 부릅뜨며 외쳤다.

"주문 구동!"

기이이이이잉—

허공에 떠 있던 철구에서 빛이 뿜어져 나오더니 사방을 메우는 마법진이 형성되었다.

그리고 그 마법진이 잔뜩 쌓여 있는 마나석들을 감싼다.

마나석이 강렬한 빛을 뿜어낸다.

그것은 마치 생명을 빼앗기기 전 발악하는 병자와도 같았다.

그리고 그 빛이 사라진 순간.

마나석들은 더 이상 마나석이 아니게 되었다.

100개가 있었으면, 그곳엔 10개의 볼품없는 돌덩어리들이 놓여 있게 된 셈이다.

그 거무튀튀한 돌덩이는, 경식 역시 본 적이 있는 것이었다.

"흡혼……석?"

"하악. 학. 이 경우엔…… 하악. 혼정석……이라고……
해야……."

풀썩.

"……!"

경식이 쓰러진 슈아에게 달려가 그녀를 부축했다

[이, 이년이 어디서 끼를 부려?]

그렇게 말은 했지만, 구미호 역시 걱정되는 모양인지 그
이상의 디스(?)는 하지 않았다.

"마나석…… 10개로 혼정석 1개…… 이렇게 변환시키
면…… 여러 가지 일을 할 수 있잖아. 그렇지?"

슈아의 말에, 경식이 고개를 끄덕였다.

"우선 좀 쉬자."

"으응……."

경식은 슈아를 들쳐 메고 광산을 빠져나왔다. 그러고는
그녀를 방에 눕힌 후 다시금 광산을 찾아가 혼정석을 모두
가지고 나왔다.

혼정석의 개수는 모두 500개였다.

이것으로, 정말 많은 일을 할 수가 있다.

"으음, 뭔가 다 아는 것처럼 이야기하고 다녔지만, 나도
처음 사용해 보는 거라서."

경식은 혼정석을 자신이 먼저 사용해 봐야겠다고 생각했다. 마침 밤이 되었으니, 좋든 싫든 다시금 투마에게 시도를 해야 하는 부분이기도 했다.

그는 혼정석을 양손 가득 쥐고 힘을 밀어 넣었다.

그러고는 언제나 그러하듯이, 자신의 무의식 속으로 침잠해 들어갔다.

*　　　*　　　*

"나 왔다!"

<u>크르르!</u>

경식은 손을 들어 투마를 반갑게 맞이했지만, 투마는 으르렁거리며 싫은 티를 팍팍 내었다.

"없다. 소용. 절대로. 이기다. 못하다. 너는."

소용없다. 너는 절대로 이기지 못한다고 말하고 있다.

"하긴. 그럴 만도 하지."

경식은 어깨를 으쓱이며 순순히 그녀의 말은 인정했다.

경식은 칠일 전부터 끈질기게 투마와 충돌했다. 일주일 동안 투마에게 달려들었고, 일주일 내내 패배의 쓴 맛을 보았다.

옆에서 영혼들이 다 말릴 지경이 되었다.

"취이익! 아무래도 무리. 힘의 차이가 너무나도 불리! 취익!"

"오늘은 좀 쉬.고 내일 즈음 더욱 회복.하고 덤비는 게 어떤가?"

"저 몬스터들 말이 맞소. 쉬지 않고 덤비는 근성은 좋은데, 계속 지니 아무리 남자가 얻어맞는 거라도 쌤통이란 생각이 들지 않는구려."

"뭐야. 그럼 지금까지 내가 얻어맞는데 쌤통이라고 생각했단 말입니까?"

어이가 없어서 이거 참.

경식은 어찌 되었건 자신을 걱정해 주는 세 영혼을 바라보며, 의미심장한 미소를 지어 보였다.

"오늘은 조금 다를 겁니다."

"그 말 어제도 했소. 그러고는 조금도 달라지지 않더이다."

"달라졌었거든요? 점점 좋아지고 있었거든요?"

일주일이라는 시간 동안 경식은 하루도 빠짐없이 세 영혼에게 힘을 빌린 후 투마에게 달려들었었다.

그리고 모두 패배.

하지만 성과가 아주 없는 것은 아니었다. 첫 번째엔 '단 한 방'에 패배를 했지만, 두 번째는 그 한 방을 피하고 경식도 투마에게 주먹세례를 날렸었다.

물론 과정이야 어찌 되었건 결과적으론 두 방 만에 뻗어서 의식세계로 튕겨 나듯 나와 버렸지만 말이다.

세 번째에는 세 방.

네 번째에는 다섯 방 먹였다.

그리고 다섯 번째에는 꽤나 치열한 공방전이 벌어졌었다. 투마도 자신의 모든 것을 다하여 전력으로 임했다.

열다섯 번의 공방을 끝으로 의식세계로 튕겨 나갔다.

다섯 번째부턴 20번.

그리고 여섯 번째 역시 20번의 공방 끝에 광탈 당했었다.

일곱 번째에 임하는 경식은 투마의 약점을 이제야 깨달을 수 있었다.

경식은 그르렁거리고 있는 투마의 앞에 서서 그녀를 똑바로 주시했다.

"생각해 보면 참 멍청했어. 너의 약점을 이제야 깨닫다니?"

"……?"

투마의 눈썹이 꿈틀거린다.

"흠흠. 원래 설명충 역할은 왕년 노인이 해야 되는 건데 말이야."

그 말을 시작으로 경식의 긴 설명이 시작되었다.

투마의 약점.

압도적인 힘과 그 힘으로부터 나오는 엄청난 중압감과 탄성. 내구성에 감춰져 있었던 것.

그것은 바로 전투 지속력.

근지구력이었다.

폭발적인 힘을 내려면 근육이 커야 하고, 폭발적인 대신에 지속적이진 못하다.

이것은 오우거라는 종족의 특성이자 한계이기도 했다. 폭발적인 힘을 자랑하지만, 그 힘을 지속적으로 사용하지 못하는 종족의 한계.

하지만 투마는 그런 종족 중에서 최상위에 속한다.

때문에 피어를 발산하고, 압박감을 주고. 살을 내주고 뼈를 분쇄해버리는 갖가지 방법들을 알고 있는 영특한 녀석이었다.

"그러니까. 20번은 몰라도, 40번 정도 주먹을 휘두르게 할 수만 있다면 난 널 쓰러뜨릴 수 있다. 그게 나의 판단이다!"

물론 경식이 40번 넘게 투마의 공격을 받아 내고 피하며 버틸 수 있을지는 의문이었지만 말이다.

"……."

투마는 입을 다물고 경식을 멍하니 바라본다. 경식의 말이 틀리지 않았기 때문이었다.

그리고 지금껏 싸워 본 경식은, 마음먹으면 그렇게 할 수도 있다는 판단이 선다.

"내 말이 맞지?"

"크르르르."

아무 말도 하지 못하는 투마를 바라보며, 경식은 씩 웃었다.

그리고 고개를 저었다.

"하지만 그건 너를 쓰러뜨리는 방법이지, 이기는 방법이 아닐 거다. 그렇지?"

"……?"

"나는 너에게 인정을 받아야 해. 그러려면 이겨야 하지, 그렇게 야비한 방법을 써서 쓰러뜨려봤자 넌 인정하지 않을 거잖아?"

그 말에, 투마가 약간 당황스러운 듯 멍한 표정을 짓는다.

하지만 이내 그 표정을 고치고, 특유의 징그러운 웃음을 지어 보였다.

"이기다. 못하다. 나를. 그러면."

"이기지 못하면, 8번째 다시 덤비면 되지. 너도 알잖아? 내가 점점 강해지고 있다는 걸. 그리고……."

경식이 품 안에서 무언가를 꺼냈다.

거무튀튀한 구슬이다.

그것을 본 투마의 눈이 휘둥그레 떠졌다.

"……혼정……석!"

"그래, 잘 아네. 그럼 이제 내가 어제와는 다르다는 것도 잘 알고 있겠지?"

경식이 씩 웃으며 다시금 품 안에 있던 것들을 꺼내었다.

또 다른 혼정석 3개였다.

"마정석 10개를 에리오르슈 가문 비전의 마법으로 정제하면 혼정석이 되지. 혼정석은 마정석과 같은 효과를 내는데, 소울 에너지를 사용할 수 있는 자들만 혜택을 보지."

마정석은 마나를 축적, 증폭, 분출시킬 수 있는 녀석이다.

그리고 혼정석 역시 비슷하다.

단, 소울 에너지를 아는 자들만의 전유물일 뿐.

때문에 혼정석은 에리오르슈 가문의 전유물이었다.

=그리고 이 혼정석은, 합칠 수가 있지롱.

설명을 하는 동안 구미호와 결탁(?)한 경식의 몸에서 다홍빛 소울 에너지가 줄기차게 뿜어져 나왔다.

그러더니 세 개의 혼정석이 하나로 합쳐졌다가, 그 크기가 이전과 같아지고 그 대신 색깔이 더욱 진해졌다.

=보고 있으면 빠져들 것만 같군.

경식은 그 혼정석을 오른손에 꽉 쥔 후, 구미호의 소울 에너지를 세차게 집어넣었다.

세 개가 하나로 합쳐진 혼정석의 검은색에 다홍빛이 점점 섞여 들어간다.

소울 에너지가 채워지고 있다는 뜻이었다.

아무리 투마의 완력이 강력하여 괴력을 내뿜는다 해도, 혼정석에 소울 에너지를 차곡차곡 쌓다 보면 그 완력을 상회하는 출력이 언젠가는 나오게 되어 있다.

=난. 널 화력으로 꺾는다.

"내버리다. 두다. 가만히. 아니다. 내가!"

=가만히 두지 않아도, 난 버틸 거다!

콰앙!

그 말이 끝나기가 무섭게 투마가 경식에게로 달려들었다.

5미터의 거구가 순식간에 거리를 좁혀오자 엄청난 압박감이 온몸을 짓눌러 왔다.

곧이어 날아오는 주먹!

경식은 그 주먹을 똑바로 바라보다가 코와 거의 닿을 즈음 슬며시 피했다.

그러고는 투마의 복부에 그의 주먹을 있는 힘껏 휘둘렀다.

쾅—!

부딪침과 동시에 경식의 몸이 10미터 뒤로 쭉 밀려났다.

놀랍게도 투마의 육중한 몸 역시 자신의 키만큼 뒤로 밀려났다.

투마의 질기디질긴 뱃가죽에 주먹 모양의 검은 숯이 묻어 있었다. 그리고 주변 살이 붉게 익었다.

구미호와 링크한 경식의 주먹이 뱃가죽과 부딪쳐 강한 폭발을 일으켰기 때문이다.

[맛이 어떠냐, 도도한 년아!]

구미호가 쾌재를 부르며 다음 지시를 내렸다.

[저번에도 말했지만, 넌 꼬리 사용을 너무 못하는 것 같아. 꼬리는 어차피 소모품이야! 그러니까 자잘한 공격은 꼬리로 해. 날카롭고 단단해서 웬만한 무기보다 그게 나아.]

'오케이!'

그리고 때마침 다가온 투마의 두 번째 어택에, 경식은 구미호가 말해 준 대로 꼬리를 움직였다.

세 개의 꼬리가 경식의 몸을 철벽같이 휘감았다.

콰쾅!

경식이 하늘을 날아올랐다. 세 개의 꼬리는 탄력적이어서 완충 역할을 함과 동시에 스프링처럼 경식을 튕겨 냈던 것이다.

동시에 경식이 왼손을 들어 힘을 집중했다.

휘류류류류류륭!

손바닥에서 주먹만 한 다홍빛 광채가 생성되더니, 튕겨지듯 뿜어져 나왔다.

싸아앙—!

매미 우는 듯한 소리와 함께 그것이 투마를 덮친다.

"크르르르!"

투마는 그것을 피하는 대신, 양손 주먹을 깍지 낀 채 도끼처럼 휘둘렀다.

광구와 부딪치자 강한 폭발이 일어났다.

콰아아앙!

흙먼지!

그리고 그 사이에 경식이 귀신처럼 다가가 투마의 옆구리에 강력한 한 방을 날렸다.

투콱!

"……!?"

또다시 폭탄 터지는 소리가 난 것까지는 좋았다. 하지만 투마가 뒤로 튕겨 나가거나 경식이 그 반동으로 뒤로 도망가야 하는데, 흙먼지 안쪽은 잠잠했다.

몇 초 후, 흙먼지가 걷히고 드러난 풍경은 끔직했다.

투마의 양손이 경식의 몸통을 잡고 들어 올린 채, 흡사 빨래 짜듯 쥐어짜고 있었던 것이다.

=끄으으윽!

엄청난 고통!

만약 꿈속이 아니었더라면. 아니, 아무리 꿈이었어도 그간의 전투가 없었더라면 이 고통으로 인해 정신을 잃었을지도 모를 일이었다.

하지만 그에겐 훌륭한 조력자가 있었고, 빠져나올 방법 또한 존재했다.

[온몸을 달군다는 느낌으로 기운을 휘돌려! 네 몸은 이제부터 불덩어리야!]

'오케이!'

경식이 눈을 부릅뜨며 온몸의 에너지를 몸 안쪽으로 돌렸다.

곧 투마의 인상이 일그러지더니, 경식을 쥔 양손이 빠르게 익기 시작했다.

경식의 몸 자체가 불덩어리처럼 뜨거워진 것이다.

=훗!

경식은 '네가 안 놓고 베겨?'라고 말하는 듯한 표정을 지었고, 그걸 본 투마의 눈썹이 역 팔자로 휘어졌다.

투마의 입이 열리더니, 지금과는 분위기가 다른 음파가 투마의 입에서 뿜어져 나왔다.

크르르!

=······!

이거, 당한 적 있다.

투마를 처음 만났을 때 당했던 피어 공격이었다.

경식은 온몸에 맥이 일순간 탁 풀렸고, 빙빙 돌아가던 기운 역시 갈 곳을 잃었다.

곧이어 투마의 반지르르한 이마가 경식의 머리를 향해 쇄도해 왔다.

=이, 이 젠장!

이건 계란으로 바위. 아니,

바위로 계란 으깨기 아닌가 말이다!

'이럴 땐 어떻게 해!'

[모, 몰라! 물어보지 마!]

'젠장!'

경식이 눈을 질끈 감았다.

하지만 이상하게도 충격은 없었다.

"……?"

감았던 눈을 뜨자,

그곳엔 거대한 투마의 얼굴이 있었다.

피처럼 붉은 눈동자가 다홍빛으로 물든 경식의 눈을 차근히 바라보고 있었다.

"…….."

급기야 투마는 쥐고 흔들던 경식의 몸을 땅에 살며시 내려놓기까지 했다.

비틀거리며 정신을 차린 경식이 고개를 갸웃했다.

=뭐야? 이게 무슨 상황이지?

투마의 한쪽 입꼬리가 씰룩거린다.

"차올랐다. 오른쪽. 손. 흡혼석. 꽉!"

그 말에, 경식이 오른손에 꽉 쥐어진 흡혼석을 들어 보였다.

시꺼멓던 흡혼석은 어느새 다홍빛을 넘어 황금빛 태양처럼 찬란하게 빛나고 있었다.

소울 에너지가 꽉 찼다는 이야기다.

경식은 처절하게 싸웠지만, 그러면서도 소울에너지를 차곡차곡 모았던 것이다.

어차피 전력을 다해 쳐도 쓰러지지 않을 바에는, 아픈 정도로만 후려치면서 기운을 모으는 쪽을 택한 것이다.

더군다나 주먹이 투마에게 닿아 폭발을 할 때에도, 그 폭발의 에너지 역시 소울에너지이기 때문에 흡혼석에 일정 이상 모을 수 있었다.

또한 경식이 온몸을 소울에너지로 뜨겁게 달구었던 것 역시, 소울에너지를 흡혼석에 빠르게 집어넣는 데에는 꽤나 효율적인 방법이었다.

그런 의미에서, 전투 중에 차곡차곡 흡혼석에 소울에너지를 모을 수가 있었던 것이다.

물론 투마에게 꼼짝없이 붙잡혀서, 그것을 사용하지 못하고 패배 직전까지 몰렸었지만 말이다.

그런데 정말 왜 놓아준 것일까?

답은 투마의 입에서 흘러나왔다.

"강하다. 힘. 가장. 나."

"……?"

"약하다. 너. 최고다. 힘. 나보다. 해도. 아무리."

자신의 힘은 강하고, 경식은 아무리 최고의 힘을 내도 자신을 이길 수 없다고 말하는 듯했다.

'그보다는 내가 모은 에너지에 흥미를 가진 것이겠지.'

경식이 씩 이를 드러내며 고개를 끄덕였다. 투마의 의도를 모두 파악한 것이다.

순수한 힘겨루기.

자신감. 자존심. 모든 것이 걸린 한판승부!

투마는 경식의 힘을 가늠한 후, 그 힘의 크기와 분위기에 호기심이 생겼다.

아니, 호기심 그 이상이었다.

그것은 호승심.

꽈짓. 꽈드드듯!

거대한 투마의 몸이 더욱 우람하게 변하기 시작했다.

최고의 힘을 내기 위해 근육이 팽창하는 것.

일종의 벌크 업 현상이었다.

"응하라. 힘. 나의."

공기가 완전히 바뀌었다.

'조금 전에도 진짜였겠지만, 이번엔 진짜에 진짜로 덤비려나 본데?'

[흥! 제까짓 게 그러면 어쩔 건데? 덤비라 그래! 다 받아

줄 테니! 그렇지?]

'그렇지.'

경식은 손에 든 흡혼석을 꽉 말아 쥐며 앞으로 한 걸음 나아갔다.

2미터도 안 되는 경식과, 5미터가 넘는 투마의 주먹대결!

경식은 주먹을 날리며, 자신과 감응한 흡혼석에게 명령을 내렸다.

그것은 마치 손에게 들어올려지라고 명령한 것만큼이나 자연스럽고 쉬운 일이었다.

크아아앙!

투마가 희열을 감추지 않고 토해 낸 피어!

그 피어에는 조금 전 경식의 소울 에너지를 끊게 했던 힘이 담겨져 있었다.

하지만 그 음파가 경식의 주먹 바로 앞에 당도하자 바로 흩어졌다.

그런 것이 허용될 정도로 적당한 힘으로 내지르고 있는 주먹이 아닌 탓이었다.

꾸우으으으웅!

둔탁한 소리!

그 후에는 눈부신 화염이 주변의 모든 것을 집어삼켰다.

*　　　*　　　*

"크허! 허. 허어……후우……."

잠에서 깨어난 경식이 식은땀을 닦으며 숨을 골랐다.

그러고는 자신의 손아귀를 확인해 보았다.

손아귀에는 주먹만 한 혼정석이 가지런히 놓여 있었다.

"네 개였는데, 하나로 합쳐졌네."

꿈속에서만 그런 줄 알았는데, 실지로도 합쳐져 있었다.

그리고.

쩌적. 쩍!

부스스스스스.

혼정석에 금이 가더니 산들바람에 가루처럼 흩날렸다.

흡정석은 소울 에너지를 담을 수 있다.

그리고 서로 합칠 수 있다.

합치면 허용양이 늘어나며, 증폭이 더욱 강해진다.

사용하면 충전을 해야 한다.

충전을 하면 언제든 다시 사용할 수 있다.

하지만 한계치의 힘을 한 번에 사용한다면?

"본체가 증폭하는 출력을 버티지 못하고 소멸한다."

경식이 자리를 털고 일어났다.

경식과의 합체가 끝난 구미호가 그의 주변에서 얼쩡거린다.

[혼정석이라는 거, 좋은데?]

"그러게 말이야. 그런데 이거 한 알 당 마정석 10개라고 하더라고. 마정석이 되게 비싼 모양이야."

[얼만데?]

"우리나라 돈으로 개당 100만 원정도?"

마정석 10개가 모여서 흡정석 1개가 된다.

그 흡정석 4개를 1개로 합쳤다.

그리고 그것을 한 번 사용으로 깨먹었다.

한 번에 4천만 원을 날린 셈이다.

"그것도 남의 돈을……."

[……비밀로 하자.]

"으응……."

아무래도 그래야 할 것 같았다.

[그런데, 네가 이긴 거야?]

"응? 기억 안 나?"

구미호가 입을 삐죽였다.

[힘을 한꺼번에 너무 많이 써서, 강제로 튕겨져 나갔단

말이야.]

"아아, 한꺼번에 힘을 다 소진하면 내 몸에서 튕겨져 나가는구나?"

[다 소진한 게 아니라! 모두 다 태워 버렸다고 말하는 게 맞을 정도였다니까?]

"호오……."

[그래서. 이겼어, 졌어?]

구미호의 물음에, 경식은 벌떡 일어나서 흡정석을 가득 담은 수레의 손잡이를 쥐고 끌었다.

그는 지금 500개. 정확히는 496개의 흡정석을 창고로 옮기는 중에 잠을 잤었던 것이다.

"창고가 어디에 있더라?"

[야! 이겼냐고, 졌나고오?]

"까먹었네……."

[와. 말 안 할 거야? 이러기야? 우리 사이야? 이게 우리 사이야? 응?]

구미호가 안달이 났지만, 그게 재미있어서라도 경식은 말을 아꼈다.

그는 구미호에게도 들리지 않을 정도의 마음속으로 속삭였다.

'사실 나도 잘 모르겠거든. 허락 한 건지, 아닌 건지는.'

경식은 흡정석 수레를 저택의 창고로 끌고 갔다.

이 흡정석으로 할 것이 아주 많았다.

Chapter 6
깨달음을 얻다

　…….

　연무장이다.

　500명을 허용할 수 있을 정도의 큰 연무장이다.

　그리고 그 연무장엔 기사들이 중무장을 하고 꽉 들어차 있었다.

　그럼에도 불구하고 주변을 모두 채운 것은 무거운 정적.

　단 한 명만이 서 있는 이 널찍한 장소에는,

　지쳐 쓰러진 이백여 명의 기사들이 숨을 헉헉 몰아쉬며 하늘만을 바라보고 있었다.

'정말 못 봐주겠군요.'

'이렇게나 처절하다니⋯⋯!'

아란츠와 오르거는 손바닥에 피가 날 정도로 주먹을 꽉 쥐고는 이곳에 서 있는 단 한 사람을 뚫어지게 노려봤다.

바로 제이크였다.

"크하하하! 아주 볼썽사납게 널브러졌구나! 단 한명도 나의 근성을 이기지 못하는군!"

까득.

까드드득!

하늘을 바라보며 헉헉대고 있던 모두의 입에서 이 가는 소리가 울려 퍼졌다.

뼈가 부러지는 소리보다 소름기치는 그 소리!

하지만 무신경한 제이크는 피식 웃으며 쓰러진 이들을 조롱할 뿐이었다.

"개만도 못한 쓰레기 녀석들. 그러고도 너희가 엘리트랍시고 어깨에 힘을 주고 다녔더냐! 너희의 주군은 근성 없는 너희들을 자랑스레 여겼겠지. 그것은 신하 된 입장에서, 기사 된 입장에서 죽어 마땅할 일! 개처럼 살아 있는 자신을 원망하라!"

"이익!"

그때, 한 기사가 일어섰다.

검을 지팡이삼아 부들부들 떨면서도 대지 위에 발을 붙여 제이크를 찢어 죽일 듯이 노려봤다.

바로 붉은 헬름을 쓴 붉은 매 기사단.

그 기사단의 단장이었다.

"난 너를 이길 수 없다. 하지만, 분한 마음만큼은 덤벼야 직성이 풀릴 것 같다!"

"어린애인가!"

그렇다. 제이크의 말 대로였다.

어린아이 같은 사고방식.

이길 수 없는 자에게 덤벼드는 건, 말 그대로 계란으로 바위를 치는 행위 그 이상도 그 이하도 아니었다.

하지만 그 행위가 모두에게 전해진 순간, 기적이 일어났다.

척. 척척. 척.

처억!

모두가 힘겨운 몸을 이끌고 일어난 것이다.

모두들 일어설 힘 하나는 남아 있던 모양이다.

어차피 질 것을 알기에, 검을 놓으려 했었다.

이대로 달려들면 분명 몸이 부서질 듯 아플 것이다.

하지만 마음이 부서지는 것보단 이것이 나았다.

그것이 이곳 기사들의 공통된 판단이었다.

그것을 피부로 느낀 오르거가 눈시울을 붉히며 붉은 매기사단 단장을 향해 외쳤다.

"싸워라아아아아아!"

그 말을 들은 기사단장은, 오르거를 바라보며 검을 받드는 자세를 취했다.

바로 경례다.

"충! 산산조각 나더라도 덤비겠나이다!"

우오오오오오오!

모든 기사들이 소리를 지르며 벌떡 일어났다.

그리고 달려들었다.

"호오."

분명 전투력은 모두가 이전보다 약해져 있다.

하지만 제이크의 오감은 말하고 있었다.

조심해야 한다고.

"하지만 조심하면 될 일!"

제이크의 웃음이 더욱 짙어졌고, 차륜전이 이어졌다.

그리고 곧이어 연무장 위에 서 있는 사람은 다시금 한 명이 되었다.

모두에게 제이크는 절대로 부서지지 않는 다이아몬드처럼 느껴졌다.

*　　　*　　　*

며칠이 지났다.

이들은 이제 숙소로 돌아가지 않았다.

이곳. 연무장에서 잤다. 날씨도 쾌적했고 바람이 불어 땀을 식혀주기에 좋은 곳이기 때문만은 아니었다.

그들은 한계가 넘어서는 순간까지 제이크에게 달려들었고, 그 후폭풍으로 손가락 하나 까딱 할 수 없는 처지가 되어 널브러지는 것이다.

굳이 처소로 갈 필요도 없다.

어차피 처소로 가서 쉬어봤자, 이 지옥 같은 곳으로 다시 오게 된다.

때문에 식량은 이곳으로 배달되었다.

전부 고급지고, 알찬 식단이었다.

입 안에서 살살 녹는 훌륭한 식사뿐이었지만, 그 식사가 맛있지 않았다. 씹고 삼킬 때마다 온몸이 아파 올 정도로 두들겨 맞아, 숨을 쉬는 것조차 힘겨웠기 때문이다.

첫 날엔 음식들을 목으로 넘기는 것조차 어려워 포기했다.

그리고 이튿날 마주한 제이크는 그런 기사들의 사정을 일절 봐주지 않는 냉혈한이었다.

지옥보다 더한 고통을 맛본 기사들은 이튿날부터는 아파도 씹었다. 죽을 것 같아도 삼켰다.

살기 위해 먹었다.

먹는 것 자체가 그 어떠한 훈련보다 더욱 고통스럽고 힘겹게 느껴졌다.

그런 후엔 죽은 듯이 잠이 들었다. 음식에 수면제가 들어있나 싶을 정도의 죽음 같은 수면이었다.

그리고 정신을 차리면, 맑은 태양과 그런 태양을 등지고 선 채 두꺼운 그림자를 만들고 있는 제이크가 그들을 기다리고 있었다.

그들은 덤볐고,

쓰러졌다.

그리고 날이 갈수록 그들은 강해졌다……라고 말하고 싶지만, 그들이 달려들고, 제이크에게 버티는 시간은 조금도 길어지지 않았다.

하지만 늘어난 것이 아예 없는 것은 아니었다.

횟수.

달려드는 횟수가 늘어났다.

첫 날에는 두 번 달려드는 게 고작이었다면, 일주일이 지난 지금은 4번 다 전력으로 달려든 후 완전히 쓰러졌다.

"흠!"

제이크는 그런 기사들을 무심하게 쳐다보기만 했다.

하지만 변화는 있었다.

제이크 역시 연무장 한 귀퉁이에서 숙식을 해결하기 시작한 것이다.

"……."

기사들은 제이크를 이따금씩 찢어 죽일 듯 노려보며 음식을 의무적으로 입 속에 쑤셔 넣었다. 제이크는 마치 그들이 없는 사람처럼 행동한다. 밥을 먹고, 앉아서 명상을 하다가, 누워서 잠이 든다.

드르렁!

드르러러렁!

코고는 소리가 모두의 귓가에 천둥처럼 들려 왔다.

신경이 거슬려 잠을 청할 수 없을 정도였다.

기사 중의 기사. 검을 든 자의 최정점에 선 초인, 제이크!

경외할 만한 대상이다.

하지만 지금은 그저 죽여 없애야 할 대상으로 전락한 지 오래였다.

언젠간 죽일 자.

죽이고 싶어 미치는 자.

그가 가장 방심한 때가 지금이었다.

…….

하지만 아무도 달려들지 않았다.

아니, 달려들지 못했다.

무방비로 잠을 청하고 있는 제이크이거늘, 이길 거라는 생각이 전혀 들지 않았다.

그 이후의 생활 역시 변하지는 않았다. 아침에 일어나자 마자 제이크와 한판 붙고, 또 붙고, 또 붙고, 너덜너덜해질 때까지 덤벼든 후 밥을 먹고, 제이크의 코고는 소리를 들으 며 괴로운 잠에 빠지는 것.

그것이 하루 일과의 전부였다.

문득 그들은 서로의 모습을 바라봤다.

갑옷은 제이크의 주먹으로 인해 너덜너덜해져 이미 벗어 버렸다. 정갈했던 겉옷 역시 누더기가 다 되어 있었다.

십일이 넘게 물 대신 땀으로 목욕을 하며 노린내가 진동을 했다. 피가 터지고 딱지가 앉고, 붓고를 반복한 그들의 몰골은 더 이상 그들을 기사로 보이지 않게 만들었다.

그야말로 길거리에서 쓰레기를 뒤지며 살아가는 거지 꼴.

그게 딱 지금 자신들의 모습이었다.

심지어 하루일과는 거지들을 부러워할 정도로 심각했다.

마치 짐승과도 같은 생활이었다.

아니, 짐승만도 못한 생활이라 하겠다.

실지로 제이크는 자신들을 짐승보다 못한 놈들이라고 조롱했다.

조롱해서 달려들었는데, 달려드는 족족 쳐부숴졌다.

짐승만도 못하다는 소리를 들어서 그렇지 않다고 덤벼든 것이다. 그런데 그 결과 짐승만도 못한 놈이 맞다는 사실을 뼈저리게 통감하는 것 외엔 얻는 게 없었다.

그러다 문득, 이런 생각이 들었다.

살아오며 이렇게 많이 맞아본 적이 있었나?

내가 왜 이러고 있을까?

내가 왜 이러고 있어야 하지?

이 생활은 언제 끝날까?

그만 둘까?

그만 두면, 그 후엔 어떤 생활이 기다리고 있지? 몸은 편할 텐데 마음은 편할까?

그렇다면 지금은 편한가? 그만두면, 지금보다 더 마음이 불편할까? 지금보다 불편한 건 상상할 수조차 없을 정도로인데?

뻥 뚫린 연무장 위 하늘에는 보름달이 걸쳐 있었다.

그 보름달에 가족들의 얼굴을 그렸다.

아니, 그리려 했는데 실패했다.

얼굴이 가물가물했다.

더 놀라운 것은, 아내의 이름이. 자식과 부모의 이름이 무엇인지 떠오르지 않는다는 것이다.

10일 간의 생활이 이들을 짐승으로 만들어 놨다.

깨달은 순간,

서러워서 견딜 수가 없게 되었다.

크흑.

크흐흐흑흑…….

누군가의 울음소리가 들려 왔다.

기사가 눈물이라니!

아니, 기사 이전에 사나이라면 눈물을 흘리는 것이 치부라는 것을 알고 있을 텐데 말이다!

하지만 그 울음을 듣는 순간, 그런 생각 따윈 안중에도 없고 우는 사람에게 고마움을 느꼈다.

그 울음소리가 열쇠라도 되는 듯 모두의 눈두덩에서 뜨거운 눈물이 흘러나왔다.

어어어엉.

어어어어어엉 어어어엉!

남자 중의 남자라 자부하던 엘리트 기사들은 제이크를 만난 지 10일 만에 계집애처럼 울고 있었다.

"……짠하군요."

"그러게……말이네."

오르거는 소드마스터이다. 아란츠 역시 소드마스터에 가장 근접하다는 소드 익스퍼트 최상급의 기사였다.

그들의 마음이 일렁거릴 정도로, 눈시울이 붉어질 정도로 기사들은 온몸으로 울고 있었다.

둘의 눈이 자연스레 제이크에게로 향했다. 기사들을 이렇게 만든 장본인은 지금 어떤 표정을 하고 있을지 궁금했기 때문이다.

드르렁.

드르러렁.

하지만 제이크는 코를 골며 잠을 자고 있었다. 저들에게

서 돌아누운 채 벽을 바라보고 곤한 잠을 청하고 있었다.

오르거는 처음으로 제이크를 죽여 버리고 싶다는 생각을 갖게 되었다.

"참을 수가 없군."

"저 역시…… 마찬가지입니다."

무인으로서 제이크를 존경한다.

하지만 그의 인간성은 쓰레기 그 이상도 그 이하도 아니었다.

"일어나시오. 베기 전에."

"흐음?"

제이크가 눈을 뜬 채 서서히 일어났다.

오르거의 시선이 아래를 향하다가 한참 위로 올라간다.

여전히 태산 같은 제이크였다.

"무슨 일인가, 소드마스터여."

"당신 역시 소드마스터 아닙니까."

"이미 예전에 버린 허명이다."

"허명이라……."

챠앙!

오르거는 검을 뽑아 그 끝으로 제이크의 가슴을 겨누었다.

"무기를 드시오. 무방비의 당신을 베면, 내 부하들의 명예를 회복할 수 없소."

"크큭! 쓰레기들의 왕이 잘도 지껄이는군."

이번엔 오르거의 눈썹이 꿈틀거릴 차례였다.

그가 '쓰레기들의 왕'이라 불려서가 아니었다.

예비동작 하나 없이, 촛불이 켜지듯 어느 샌가 제이크의 손아귀에 거대한 소울이터가 들려 있었기 때문이었다.

'도대체 어느 틈에……!'

생각보다 먼저 몸이 움직였다. 위험신호를 감지하여 반사적으로 검이 제이크를 베어 갔다.

검에는 검신 전체를 덧씌우는 주황색의 오러블레이드가 뿜어져 나오고 있었고 말이다.

그 공격은 날카로웠다.

"흐음!"

제이크 역시 소울이터를 들어 그 공격을 막아 갔다.

콰콱!

쩌릿쩌릿!

욱신거리는 팔을 아랑곳 않고 오르거는 다음 공격을 감행했다. 제이크는 그것마저 막은 후 뒤로 물러났다.

오르거는 쫓아갔다.

하지만 제이크가 물러난 것은 다음 공격을 위한 포석이었다.

뒤로 물러나며 자세를 바꾼 제이크가 황소처럼 앞으로 치달렸다.

거대한 어깨가 오르거의 얼굴과 가까워져 갔다.

그리고 그 순간!

퍼악!

옆에서 보고 있던 아란츠가 달려들어 제이크의 허리를 걷어찼다.

물론 뒤로 날아간 것은 아란츠였지만, 제이크 역시 타점이 빗나가 오르거 대신 벽을 후려쳤다.

콰아아앙!

연무장의 벽 한 귀퉁이가 가루가 되어 스러졌다.

꿀꺽.

그것을 보고 있던 기사들이 마른침을 삼켰다.

"고맙네. 혼자 상대한다니 자존심만 세웠군."

"자존심 세울 상대가 전혀 아닌 듯합니다."

"잡담은 언제까지인가!"

척!

제이크는 소울이터로 둘을 겨누고는, 지그시 눈을 감았다.

"나는 잠을 자고 싶다."

"멈추지 않을 것이오."

"저희를 쓰러뜨리고, 주무시지요. 그럴 수 있다면 말입니다."

제이크는 둘의 말을 묵살하며 자신이 할 말만 했다.

"빨리! 자고 싶다."

"……?"

"그러니, 다른 쓰레기들처럼 너희와 놀아주진 않을 것이다."

기사들의 마음을 시궁창으로 만든 제이크가, 기사들과 지금껏 놀이 중이었다고 말했다.

하지만 그것에 대고 둘은 화를 낼 수가 없었다.

제이크가 입을 다문 순간, 그가 발산하는 압력의 질과 양이 달라졌기 때문이다.

척!

소울이터가 하늘을 가리켰다.

그 검신엔 아무것도 묻어나와 있지 않았다.

하지만 왜인지, 오르는 상대도 안 될 정도의 무언가가 검에 담겨 있다는 생각이 들었다.

검을 보는 순간 오한이 서린다.

'죽일 생각으로 가야겠군.'

'그렇지 않으면, 죽습니다. 우리를 봐줄 상대가 아닙니다.'

둘은 자신이 낼 수 있는 최고의 출력을 검에 쏟아 부었다.

두 자루의 검이 깨질 듯 파르르 떨려 온다.

기술 따위는 애초에 사용할 생각을 못했다. 제이크는 기술을 못 써서 단순한 공격만 반복하는 게 아니었다.

그럴 필요가 없기 때문이다.

그들이 기민한 움직임으로 농간을 부리면, 제이크 역시 그 수준에 맞춰 현란하게 움직일 것이다.

그러니, 기술은 쓸 필요가 없다.

검을 휘두르는 게 고작일 만큼 엄청난 압력을 동반할 만큼의 출력!

자칫하면 검이 깨져나갈 만큼의 엄청난 출력!

둘은 평소라면 하지 않을 미친 짓을 감행했다.

그리고 제이크에게 달려들었다.

제이크 역시, 소울이터를 서서히 내려쳤다.

거대한 빛이 주변으로 퍼져 나갔다.

그날 밤.

한 소드마스터와 한 명의 소드 익스퍼트 최상급의 기사는 세상에서 가장 치욕적인 패배를 맛보아야만 했다.

드르렁!

드르러렁!

둘을 쓰러뜨린 제이크는 벌써부터 드러누워 코를 골았다.

백 명의 기사들은, 쓰러진 오르거와 아란츠를 멍청한 눈빛으로 바라보더니 스르륵 잠에 들었다.

복수를 하려면 잠을 자 몸을 회복해야 했기 때문이다.

*　　*　　*

물론 기사들은 제이크에게 복수를 하지 못했다.

그저 여지없이 흠씬 두들겨 맞았다.

그리고 그들이 맞는 동안, 오르거와 아란츠는 얻어맞는 모습을 지켜보며 회복에 들어갔다.

설욕하기 위해서였다.

'어떻게 당한지도 모르겠군.'

'저 역시 마찬가지입니다.'

'이번에는 다를 걸세.'

'당연하지요!'

둘은 제이크와 검이 부딪친 순간 정신을 잃었다. 힘의 차이가 얼마나 나는지 파악조차 하지 못하고 져 버렸다.

설욕을 하려고 마음먹은 것도 그 때문이었다. 이대로 졌다고 인정하기엔 자존심이 허락지 않았다.

쾅! 콰앙! 콰아아앙!

기사들은 정말 불나방처럼 제이크에게 달려들었다. 일전처럼 기민한 동작이나 화려한 검 놀림은 없었다.

그저 어린아이가 어른에게 달려들듯 단순했다. 기사답지 않았다.

하지만 절대적인 무력 앞에서 같잖은 기술을 사용하는 것만큼 비효율적인 것도 없었다.

기사들은 효율적이게 돌격했고, 그때마다 콰앙! 하는 소리와 함께 모두 뒤로 날아갔다.

끄응.

끄으으응.

모두가 쓰러졌다.

물론, 이것이 끝은 아니다. 모두가 언제 그랬냐는 듯, 벌떡 일어났다.

모두의 눈동자에 서서히 독기가 일어나기 시작했다.

'좋군!'

제이크의 입가에도 짙은 미소가 어렸다.

그렇게 두 번째 격돌이 있으려 할 때, 누군가가 찾아왔다.

"에에, 잘하고 계신가요?"

뭐랄까. 분위기에 전혀 걸맞지 않은, 얼빵한 느낌의 목소리와 미소다.

모두의 눈살이 찌푸려지며 목소리가 난 곳을 바라봤다.

그곳에는 한 청년이 머리를 긁적이며 기이한 것을 다 보겠다는 표정으로 기사들을 바라보고 있었다.

그의 손에는 거대한 상자가 들려 있었는데, 그것을 보더니 제이크의 표정이 탁 풀렸다.

"아이고! 주인니이이임!"

쿵! 쿵! 쿵! 쿵! 쿵!

텅!

엄청난 발걸음으로 청년에게 다가선 제이크가 그 큰 덩치에 걸맞지 않게 몸을 수그린 채 청년의 손을 맞잡았다.

오르거와 아란츠의 표정 역시 뜨억해졌다.

'꼬리가 있으면 안 보일 정도로 거세게 흔들리고 있겠구먼.'

'이미 달려 있는데 우리가 못 보는 것일지도 모르지요. 너무 거세게 흔들리고 있어서요.'

그렇다.

제이크가 주인님이라고 부르는 자.

그자는 바로 경식. 에리오르슈 쿠드였다.

"이렇게 무거운 걸 혼자 들고 오셨습니까아아아!"

그 말에, 경식이 어깨를 으쓱이며 고개를 저었다.

"별로 안 무겁습니다. 이거, 필요하시죠?"

"오오오오! 드디어. 드디어 이것이!"

상자 안에 들어 있는 것을 확인한 제이크가, 감격의 눈물
이라도 흘릴 듯한 표정으로 고개를 마구 주억거렸다.

"곧 필요할 참이었습니다!"

"그럼 다행이네요. 그런데…… 저분들은 누구신가요?"

경식이 꾀죄죄한 기사들을 가리키며 말했다.

"제가 맡은 쓰레기들입니다."

"……네?"

경식은 기사들을 다시 한 번 바라본 후, 제이크를 나무랐
다.

"저분들이 5개의 기사단 분들 맞죠?"

"그렇습니다. 다섯 종류의 쓰레기들 맞습니다."

"말을 왜 그렇게 해요? 당신보다 약하면 쓰레기입니까?
저도 쓰레깁니까?"

경식의 말에, 제이크가 어쩔 줄 몰라 하며 고개를 푹 조아렸다.

"아, 아닙니다! 그게 무슨 당치도 않는 말씀이십니까!"

"앞으로 저분들에게 쓰레기라고 하면, 저도 쓰레기인 걸로 알겠습니다."

"……."

제이크는 꾸중 들은 어린아이처럼 아무 말도 없었다. 그것을 바라보던 경식이 한숨을 푹 내쉬며 상자를 툭툭 쳤다.

"전 물건 건네 드렸으니 가 볼게요."

"네! 살펴 들어가십쇼!"

제이크는 깍듯이 고개를 숙이며 경식을 배웅했다.

배웅하는 내내, 제이크는 흡족한 얼굴로 싱글벙글 하다.

"강해지셨군요!"

"아직 멀었어요. 제이크에 비하면 더 멀었고요."

"머지않아 저를 뛰어넘으셔야 합니다!"

"……아이고, 부담되네."

경식은 머리를 긁적이며 연무장의 출구로 나가려다가, 뒤를 돌아 어느 한 귀퉁이를 바라보았다.

그곳엔 아무도 없었지만, 말을 건넨다.

"저 가 보겠습니다!"

"......."

경식이 사라지고, 숨어 있던 두 인영이 모습을 드러냈다. 바로 오르거와 아란츠였다.

왜인지 모르게 숨고 싶었다. 아마 이 개싸움에 둘 역시 끼어 있다는 게 못내 자존심이 상했던 모양이다.

그래서 숨은 건데, 간파 당했다니?

오르거의 눈매가 날카로워진다.

"에리오르슈 쿠드. 이전보다 강해졌구려."

"······확실히 강해졌습니다. 단기간 안에 어찌······?"

전혀 다른 사람처럼 강해졌다고나 할까? 적어도 이전보다 거짓말 조금 보태서 2배는 강해진 것 같았다.

"생각해 보니, 그는 그럴 필요가 있소. 곧 내가 내준 과제를 이행해야 하기 때문이지."

어찌 되었건 해가 지고 밤이 왔다.

이제 기사들이 아니라 그들이 제이크에게 덤빌 시간이다.

"이번엔 다를 것이오."

"그렇겠지. 더 빨리 날아갈 것이다."

"덤비겠소!"

그리고 제이크의 말대로 되었다.

콰앙!

둘은 다시금 정신을 잃었고, 그 당시의 기억까지 날아가
버린 채 치욕에 몸을 떨었다.

아침이 밝아 왔다.

이제는 기사들이 두들겨 맞을 차례였다.

하지만 더 이상 기사들의 얼굴엔 두려움이나 동요의 눈
빛이 없었다. 눈빛이 너무 날카로워서 오르거조차 그들과
오래 눈을 마주치기 꺼려질 정도가 되었다.

그들이 재차 덤비는 횟수는 6회까지 늘어났다.

하지만 며칠이 더 지나도 그 횟수는 늘어날 생각을 하지
않았다.

그들의 몸은 말라 갔다.

근육은 점점 빠져 갔고, 얼굴은 퀭했다. 눈 밑에는 멍처
럼 보이는 다크서클이 짙게 깔렸다.

100명은 죽이고 돌아온 듯한 악마들이 거기에 있었다.

밤이 찾아오고, 오르거와 아란츠가 덤볐다.

이번엔 기술을 썼고,

기술로 당했다.

하지만 처음보단 오래 버텼다. 10분이라는 시간을 버틴
그들은 만족스러운 듯 쓰러져 잠이 들었다.

"흥."

제이크는 거친 숨 한 번 몰아쉬지 않고 쓰러진 둘을 감흥 없이 바라봤다.

연무장에 처음 들어설 때와 변함없는 눈빛이다.

"내일 놀려면, 자라."

"⋯⋯."

아무도 말이 없었다.

그저 하늘에 떠 있는 달을 모두가 바라보고 있었다.

이제 와서 자존심 상할 것도 없고, 무서울 것도 없었다. 이러니저러니 해도, 제이크는 자신들을 훈련시키기 위해 저러고 있는 것이다.

적당히 할 것이다.

그러니, 그것을 이용한다.

그것을 이용해서, 어떻게든 저 오만방자한 작자의 심장을 꺼내어 씹어 먹을 것이다.

그것이 모두의 생각이자, 바람이었다.

스멀스멀 하고,

그들이 대놓고 풍기는 진득한 살기가 거대한 연무장을 가득 메웠다.

씨익.

뒤돌아 코를 골고 있는 제이크의 입가에 미소가 어렸다.

'근성의 완성이다.'

제이크가 원하는 근성이 이제야 완성되었다.

이제,

주인님이 주신 혼정석을 사용할 때가 온 것 같았다.

＊　　　＊　　　＊

"오늘. 살고 싶거든 하나씩 집어가라."

아침이 밝고, 밥을 먹는 모두를 바라보며 제이크가 한 첫 마디였다.

제이크가 가리킨 상자에는 주먹보다 조금 작은 크기의 거무튀튀한 구슬들이 가득 담겨 있었다.

모두들 고개를 갸웃하면서도 그것을 하나씩 쥐었다.

아란츠와 오르거 역시 다가와서 하나씩 집어가며 말했다.

"이건 무엇이오?"

"거무튀튀한 게…… 마정석은 아닌 것 같습니다만?"

그 말에, 제이크는 피식 웃었다.

"너희들의 생명줄이다."

"……."

아니, 평기사들도 아니고 아란츠와 오르거의 질문임에도 저리 퉁명스럽다니? 둘은 인상을 찌푸렸다.

하긴. 생각해 보면 그랬다. 한 방에 나가떨어지는 것은 기사들이나 그들이나 똑같았던 것이다.

"언젠간 이 굴욕을 갚을 것이오."

오르거의 말에, 제이크는 아무 말도 하지 않았다. 대답할 가치가 없다고 말하는 듯했다.

하지만, 오르거와 아란츠는 더 이상 자존심 상해하지 않았다.

아니, 오히려 자신들을 하찮게 여기는 제이크가 고마울 지경이었다.

'이전까지와는 다를 거다.'

'당신. 죽을 수도 있습니다.'

둘은 그 말을 끝으로 자리로 들어갔다.

곧이어 처절하고도 지루한(?) 백여 명의 기사에게 행해 지는 제이크의 폭력이 시작되었다.

*　　　　*　　　　*

하지만, 100여 명의 기사들은 지금까지와는 전혀 다른 움직임을 보였다. 무작정 달려오는가 싶더니 제이크를 중심으로 원을 그리며 빙글빙글 돌기 시작한 것이다.

"흐음?"

제이크는 고개를 갸웃하며 그런 기사들을 보았다. 100여 명의 기사들이 두 개의 원을 그리며, 바깥쪽 원은 시계방향. 안쪽은 반시계 방향으로 도니, 눈이 어지러웠다.

"괜한 짓을 하는구나!"

하지만 움직이진 않았다. 사실, 지금껏 제이크는 이들을 상대하며 움직인 적이 별로 없었다.

달려들면, 쳐내는 식이다.

그리고 아무도 달려들지 않았으니, 굳이 쫓지 않는 것이다. 마치 그것은 절대자의 권위와도 같아서, 초반엔 움직일 필요가 없어 그리 행했지만 지금에 와서는 제이크가 움직이는 것은 금기처럼 되어 버렸다.

기사들은 빙글빙글 돌고만 있었다.

그럼에도 불구하고 변화가 일어났다.

연무장 바닥은 흙이고, 먼지가 위로 올라가기 시작한 것이다.

연무장을 위에서 바라본다면, 제이크를 중심으로 흙먼지

로 만들어진 작고 큰 고리가 회전하고 있는 것처럼 보인다.

제이크에겐 그야말로 시야에 흙먼지 이외엔 보이지 않게 되었다.

"흐음!"

도대체 무슨 짓을 하려고 저러는 건지 궁금하게 되었다.

그리고 제이크의 궁금증은 곧 풀리게 된다.

무언가가 제이크에게로 날아온 것이다.

퍽!

물론 제이크는 눈썹 하나 꿈쩍 하지 않았다. 그저 자신의 몸을 두드리고 떨어져 나간 것을 보았다.

주먹만 한 돌이었다.

지금 기사들은 자신에게 돌을 던지고 있는 것이었다.

"크하하하하! 엘리트주의에 빠져 있던 쓰레기들이 제법 하는구나!"

제이크는 조롱 대신 웃으며 칭찬했다. 하지만 전혀 듣기에 좋은 칭찬은 아니었다.

퍽! 퍽퍽! 퍽!

돌이 여기저기서 날아왔다.

하지만 이러한 돌들이 제이크에게 가할 수 있는 위해는 아무것도 없었다.

그저 누군가가 손가락으로 쿡쿡 찌르는 느낌이라 조금 짜증이 날뿐이었다.

모든 돌들은 그의 피부에 맞은 후 바닥으로 떨어졌다.

퍽! 퍽퍽퍽! 퍽퍽!

다방면에서 돌이 날아왔지만 모두가 마찬가지였다. 심지어는 제이크에게 닿고 바스러지는 돌들도 있었다.

제이크가 호기 좋게 외쳤다.

"장기전으로 가면 승산이 있을 성싶으냐!"

물론 대답은 없었다.

그저 제이크의 주변으로 돌이 유성처럼 토해져 나올 뿐이었다.

"하품이 나올 정도다!"

제이크의 조롱.

그리고 그 조롱에 발끈하기라도 한 듯, 더 이상 돌은 날아오지 않았다.

잠시간의 정적.

그 후에 날아온 것은 은색의 빛살이었다.

"……!"

제이크가 소울 이터를 들어 자신의 얼굴 부근을 막았다.

캉!

카칵!

카카카칵!

"흐음!"

아무리 제이크라도, 소드 익스퍼트 중상급들이 혼신의 힘을 다해서 내던지는 장검들을 맨몸으로 받아 낼 수는 없었다.

"큭…… 제법 근성을 보이는군!"

그렇다면 제이크 역시 그에 대한 보답을 해 줘야 했다.

스멀스멀.

제이크의 몸 주변에 갈색 아지랑이가 피어났다. 그리고 그 아지랑이는 제이크의 몸을 보호막처럼 빙 둘러 쌌다.

물론 그것이 소울 에너지를 다루지 않는 다른 이들에게 보일 리 없었다.

검은 무방비 상태의 제이크에게 집중 요격되었다.

하지만 결코 제이크의 몸에 닿을 수 없었다.

팡!

팡팡! 팡!

제이크가 둘러 친 소울 에너지의 방어막. 그것은 소드 익스퍼트들이 내던진 검이라 할지라도 모두 튕겨 내는 신기를 보여 주었다.

"……!!"

모두가 당황한 듯, 검을 던지지 않았다.

지금까지 던져진 검의 숫자는 50여 자루.

앞으로도 반이나 남았건만, 포기한 모양이었다.

"아직 멀었군. 조금 더 잘근잘근 밟아줘야……."

하지만 제이크는 말을 모두 끝마치지 못했다.

거대한 무언가가 화살처럼 날아왔기 때문이다.

대포인가?

아니다. 더욱 거대했고 맹렬했다.

그것은 사람이다.

기사 한 명이 허공을 도약해 총알처럼 날아온 것이었다.

프아악!

날아온 기사의 검에 서린 마나 블레이드가 방어막을 손쉽게 찢고 제이크에게로 날아왔다.

"……!"

전혀 생각지도 못한 발상인지라 천하의 제이크라 할지라도 반응이 늦어 버렸다.

그는 소울이터를 드는 대신 오른손으로 날아오는 검을 붙잡았다.

꽈아아아아악.

마나가 잔뜩 실린 검이 제이크의 손아귀를 자르지 못하고 붙잡혔다!

뚝. 뚝뚝.

그 손아귀에서 흘러내리는 선홍빛 피를 바라보며, 돌격해 들어왔던 기사가 악마처럼 씩 웃었다.

"만족하느냐!"

"아직……."

콰아앙!

기사의 복부에 제이크의 주먹이 박혔다.

하지만 제이크의 동작이 커지기를 기다리기라도 했다는 듯, 다른 기사들이 검을 들고 대포처럼 쏘아져 왔다.

기사들이 힘을 합쳐, 기사들을 던지고 있었다.

힘을 합쳐 한 명의 기사를 제이크에게 투척하고 있는 것이다.

"놀라운 발상!"

인정하지 않을 수 없었다.

제이크가 이러고 있는 와중에도 두 명의 기사가 전혀 예상치도 못한 방향으로 날아 들어왔다.

"흐음!"

하지만 한 번 당했지, 두 번 당하지는 않는다. 제이크는 소울 이터를 들어 날아오는 기사에게 휘둘렀다.

쿠쿵!

물론 검 옆면으로 타격한 것이지만 상대방을 기절시키기엔 충분하고도 남음이 있었다.

제이크는 기절한 기사의 머리채를 잡은 후, 날아오는 기사에게 던졌다.

"되가져 가라!"

기사가 날아가 날아오는 기사와 충돌하려 하였다.

보통. 이쯤 되면 피하거나 세운 검을 거둬야 정상이었다.

하지만 날아오는 기사는, 자신에게 다른 이가 날아오건 말건 공격을 거두지 않았다.

잠시 경로만 틀어서 스치듯이 피했다.

푸학!

스치듯 피했지만 급박한 상황이다. 날아오던 기사의 피부가 길게 찢어져 바닥에 널브러졌다.

동료임에도 불구하고 대단히 매정한 처사였다.

'하지만 사전에 합의 된 것이겠지.'

그들의 집념이 제이크를 쓰러뜨리는 데에 그치지 않고, 수단과 방법을 가리지 않고 죽여 버리는 데에 집중되었다는 것이 피부로 느껴지는 순간이었다.

'크흐. 좋구나!'

물론, 제이크는 이들을 훈련시키려는 목적이지 죽이려는 목적은 아니다. 그렇기 때문에 맞받아치거나 죽을 정도로 강한 공격은 하지 않는다.

'죽이지 않는 것이 더 힘들군.'

물론 그것은 자신이 미숙할 때부터 알고 있던 것이었다.

제이크가 씩 이를 드러내며 눈을 부릅떴다.

벌컥!

몸에서 난 소리였다.

몸의 근육이 3배는 팽창되는가싶더니, 주변을 다시금 갈색 아지랑이가 둘러쌌다.

조금 전의 그 보호막이지만, 이번엔 몸의 성능을 2단계로 활성화시킨 후에 사용한 보호막이었다.

이들의 공격쯤은 거뜬히 막아 낼 수 있으리라.

때마침 세 명의 기사가 검을 곧추세운 후 빛살처럼 날아와 꽂혔다.

콰콱!

콱!

콰아악!

그들은 말 그대로 거대한 벽에 정면으로 부딪친 고통을

느끼며 뒤로 물러났다.

코에서 피를 쏟아 내며 물러나는 이들의 눈에는 경악이 스며들어 있었다

하지만, 그들의 눈엔 아직까지 포기가 들어 있지 않았다.

캉!

카캉! 카앙!

발사(?)되었던 기사들이 검에 마나를 잔뜩 담은 채 제이크에게 달려들었다.

하지만 제이크가 형성한 소울 에너지의 방어막을 뚫지 못하고, 휘두른 것보다 더한 반탄력에 몸을 떨며 뒤로 물러나기를 반복하고 있었다.

물론, 다른 이들 역시 포기란 없었다.

제이크를 향해서 발사되는 기사들은 늘어만 갔다.

발사되고, 실패하고. 다시금 검을 들어 제이크에게 달려들고, 막히기를 반복한다.

어느새 20명 이상의 기사들이 제이크의 주변을 빙 둘러싼 채 제이크가 형성한 방어막을 검으로 두들기고 있었다.

제이크는 그런 기사들을 조롱의 눈초리로 바라보며 외쳤다.

[이 정도인가! 너희의 근성은 고작 이 정도인가! 너희들

의 의리 역시 이 정도야! 결국 처음이나 지금이나 내 발걸음조차 떼게 하지 못하는 이 한심함이 진정한 모습인가!]

크하하하하하하하하!

거대한 웃음소리!

그 웃음소리마저도 달려드는 이들에겐 곤욕이었다. 듣는 순간 귀가 멍해지며 몸 안이 진탕하는 느낌으로 괴로워진다.

그 괴로워하는 모습을 보며, 제이크는 더욱 크게 웃었다. 이들의 고통을 바라보며 끝없이 즐기는 제이크의 모습은 흡사 마왕과도 같이 보였다.

하지만. 그 웃음소리는 오래가지 못했다.

멀리서 두 줄기의 빛이 날아왔다.

푸우우욱!

푸욱!

"……!"

제이크는 주춤주춤 뒤로 물러나며, 자신의 복부를 찌른 두 자루의 검. 그 검을 들고 있는 이들의 얼굴을 보았다.

"뒤로 물러나고 있구려?"

"이제는 당신이, 근성을 보일 때입니다……!"

아란츠와 오르거였다.

"흐으음!"

낮. 기사들과의 싸움에 낀 적이 없는 아란츠와 오르거가 복병으로 작용했다.

둘의 힘에, 기사들이 그들의 몸을 있는 힘껏 던져서 포탄처럼 만들어서 제이크의 방어막을 뚫을 수 있었던 것이다.

그리고 그 결과, 방어막은 물론 제이크의 복부를 뚫는 기염을 토했다.

"우리가 이겼소."

"당신이 졌습니다."

"크으윽!"

분명, 제이크는 당황했다. 소울 에너지를 운용하던 맥락이 탁 풀리며 온몸에도 힘이 없어졌다.

아란츠와 오르거는 제이크의 몸에 검을 찔러넣은 채, 오러와 최상급 마나 블레이드를 이글이글 태우고 있었다. 그리고 뒤에선 백여 명의 기사들이 그에게로 다가오고 있다.

눈동자에는 독사를 담은 듯한 살기가 묻어난다.

잠시라도, 내가 지다니.

물론, 제이크가 원하는 상황은 아니었다.

하지만 그렇다고 해서 계획이 틀어지는 것은 아니었다.

고통으로 일그러지던 제이크의 입꼬리가 다시금 호선을

그리며 말려 올라갔다.

"나에게, 이겼다고 생각하는가."

……

두 자루의 검이 배를 뚫었다.

뒤에선 백여 명의 기사들이 걸어오고 있었다.

제이크는 졌다.

그러니, 너는 지지 않았느냐고 누군가가 말해야 했다.

하지만 그 누구도 그런 말을 할 수 없었다.

그 누구도 아닌 제이크가 한 질문이었기에, 이겼다고 생각하냐는 그의 말에 아무도 대답할 수가 없었던 것이다.

"나를 여기까지 몰아세운 것은, 칭찬할 만하군."

제이크가 그리 말하며, 손을 천천히 움직여 오르거와 아란츠의 이마를 짚으려 했다.

둘은 그것을 느끼고 뒤로 몸을 빼려 했지만, 뒤로 몸을 빼면 검까지 뽑아야 하는데 그러면 제이크가 다시금 반격할 것 같아 그러지 못했다.

허세이길 바라며, 검을 더욱 세차게 밀어 넣었다.

푸우아악!

"큭큭!"

제이크는 오르거와 아란츠의 머리에 손을 짚는 데에 성

공했다.

그리고 혼잣말 하듯 중얼거렸다.

"소울 베슬, 3단계."

전면해방.

……!

주변의 공기가 바뀌었다.

환희와 고양감은 곱절의 공포가 되었다.

구릿빛이었던 제이크의 피부가 검게 물들었다.

마치 검은 생고무와 같았다.

마족 같은 기세가 아니라, 제이크의 외형은 진짜 마족이
된 듯했다.

그리고 어디선가 들려오는 말의 울음소리.

히히히히히히힝.

소울이터에서 갈색의 아지랑이가 연기처럼 뿜어져 나오
더니 제이크의 온몸을 감쌌다.

경식만 사용할 수 있는 줄 알았던, 소울아머의 현신이다.

소울아머, 로열티.

그 로열티를 두른 제이크의 눈은 크게 부릅떠져 있었다.

"데스 워리어 다섯 마리와 대치할 때에도 살아남은 근성
이다. 너희 따위에게 내가 진정으로 질 성싶더냐?"

제이크의 갈색 눈동자가 초록빛으로 물들었다.

그리고 그 순간, 엄청난 기세가 모두의 머리를 짓눌렀다.

쿠웅!

백 명의 기사들 모두가 무릎을 꿇었다. 무릎이 닿는 부분이 푹 파일 정도로 엄청난 압력이 그들을 계속해서 짓눌렀다.

그리고 그것은 오르거와 아란츠 역시 마찬가지였다. 오히려 머리에 제이크의 손이 얹어진 상태라, 다른 기사들보다 배는 강한 압박을 느끼기 시작했다.

그리고 그 압박은 압박만으로 끝나지 않았다.

스멀스멀.

백여 명의 기사들에게서 제각각의 연기가 뿜어져 나가기 시작했다.

마치 물수건을 꽉 누르면 물이 나오는 것처럼, 육체라는 그릇을 짓누르자 그 안에 있는 내용물이 빠져나오는 것과 같았다.

제이크가 소울이터로 자주 하는 장기가 오랜만에 모습을 드러냈다.

말 그대로 소울이팅.

그것을 소울이터가 아닌, 소울이터의 현신인 로열티와

직접적으로 링크하여 주변의 모든 이들의 영혼을 뽑아가고 있는 것이었다.

끄윽!

끄으으으윽!

모두가 신음을 토하며 힘겨워했다.

몸에서 영혼이 빠져나가는 것을 직접 느끼자, 죽을지도 모른다는 공포가 온몸을 지배한다.

그때, 제이크의 말이 이어졌다.

[난 너희를 죽일 것이다.]

그 목소리엔 진심이 담겨 있었다.

＊　　　＊　　　＊

모두가 공포에 떨며 죽을 날만을 기다리고 있었다.

죽을 날도 아니다. 죽을 시간. 몇 분 후가 될지, 한 시간은 버틸지. 아니면 십 초 후에 자신의 의식이 떨어져 나갈지 모르는 그 공포

그것을 느끼고 있었다.

마음 같아서는 지금이라도 제이크에게 무릎을 꿇고 용서를 구하고 싶었다. 백 명의 기사들 모두가 그런 생각을 하

고 있었다.

죽음도 불사하지 않던 백 명의 전사들이 다시금 겁쟁이로 바뀌었다.

그만큼, 제이크의 3단계 개방은 소름 끼칠 정도의 공포감을 조성했다.

몸.

그것을 채우는 것은 정신이다.

자신의 주체인 정신.

즉, 영혼.

그 영혼이 직접 빨려 들어가고 있었다. 그 느낌은, 피가 생으로 뽑히는 고통의 열을 곱해도 다 표현하지 못할 근본적인 공포였다.

덜덜덜덜.

추웠다.

여름에, 뙤약볕임에도 불구하고 추워서 미칠 지경이 되었다.

견디지 못해서 울음이 터져 나오려 할 때,

그때 느껴지는 따듯함이 있었다.

바로 품 안에 간직하고 있던 작은 구슬이었다.

미미한 따듯함.

하지만 그 미미한 따듯함이 극지방에서 느끼는 살을 에는 듯한 상황에 생겨난다면, 지푸라기라도 잡는 심정으로 그 따듯함에 기댈 수밖에 없다.

발가벗겨진 채로 눈보라는 견디는 것처럼 끔찍한 일도 없다. 그런 상황의 당사자가 된다면, 가냘픈 촛불 하나라도 눈물이 날만큼 소중한 법이다.

백 명의 기사들은 품 안의 구슬을 꼬옥 끌어안고 눈을 질끈 감았다.

그러자 놀라운 일이 벌어졌다.

금방이라도 끊어질 것 같던 그 지푸라기가, 이상하게도 끊어지지 않는다. 오히려 그 굵기가 더욱 굵어지며 동아줄이 되어 가고 있었다.

따듯함은 뜨거움으로, 뜨거움은 충만함으로 변해 갔다.

어느새 그들은 공포 대신 희망을 품게 되었다.

'근성 없는 것들! 이제야 숨소리가 안정되어 가는군!'

근성 없는 놈들 치고는 꽤나 고무적인 결과였다.

제이크는 자신이 손을 짚고 있는 두 명의 기사. 오르거와 아란츠에게로 시선을 옮겼다.

그들 역시 다른 기사들과 마찬가지로 고전하고 있었다. 물론 둘 역시 혼정석을 가지고 있었고, 그것의 쓰임새를 알아챘는지 꼬옥 쥐고는 제이크의 압력에 버티고 있었고 말이다.

'과연. 다른 놈들과는 다르군!'

둘은 제이크의 힘을 버티는 것을 넘어서, 소울 에너지를 간접적으로나마 느끼고, 그것의 본질을 깨닫는 중이었다.

이 둘은 머지않아 소울에너지를 느끼고, 운용할 수 있을 정도로 발전할 가능성이 있다.

'내가 바로 그런 경우였지.'

물론 자신의 경우에는 그 일말의 가능성을 근성으로 물고 늘어졌고, 에리오르슈 가문의 가주는 그런 제이크의 노력을 높이 사서 으리로써 도와주었다.

그 때문에 이렇게 대성할 수 있었던 것이지, 이 둘이 아무리 소울 에너지를 운용할 수 있다 하여도 분명 자신처럼은 안 될 것이다.

그래도 지금보다는 훨씬 나은 검사가 되리라.

'잡념이 길었군.'

옛날 생각이 나서 웃음이 지어지지만, 지금은 그럴 때가 아니었다.

제이크는 자신의 품 안에 있는 혼정석에 정신을 집중하여, 오르거와 아란츠에게 말을 걸었다.

'지금쯤 뭔가를 느끼고 있겠지?'

그 말에, 두 기사가 눈을 크게 부릅떴다.

'이것이 무엇입니까?'

'마나…… 아니. 그것보다 더욱 근본적인……?'

둘의 이러한 대답을 예상했다.

제이크는 피식 웃으며 말을 이어 갔다.

'소울 에너지. 에리오르슈 가문에서 사용하는, 마나와는 비교도 안 될 정도의 근본적인 에너지이다.'

'그렇구려.'

'이런…… 기운이 있었다니. 이건 말 그대로 생명력…… 아닙니까?'

'지금은 그러한 것을 곱씹을 때가 아니다. 너희가 할 일은 따로 있다. 나를 도와라.'

아주 강압적인 말투였다. 평소라면 둘은 분명 발끈했을 것이다. 하지만 제이크가 지금껏 폭력을 휘두른 이유가 이것이라는 것을 안 이상, 돕지 않을 수 없었다.

'다른 녀석들에게는 강한 척했지만, 지금 이 상태를 나는 3분도 버티지 못한다. 너희의 힘이 필요하다.'

'하긴. 너무 강하다 싶었소.'

'나의 3단계는, 강하다. 다만 아직 회복이 덜 되었을

뿐······.'

　신체를 3단계로 개방한 제이크는 강하다. 그 누구보다 강하다 자신할 수 있다. 데스 워리어 다섯을 반파시키고도 여력이 남아 안전하게 도망칠 정도로, 제이크는 강했다.

　3단계 역시 하루 이상 지속할 수 있었다. 물론 지금은 10분이 한계이지만 말이다.

　게다가 꽤나 무리하고 있어서 그 지속시간조차 5분을 넘기지 못하고 있었다.

　지금 제이크에겐 자신이 내고 있는 출력을 버텨줄 만한 연료. 즉, 소울 에너지가 필요했다.

　그리고 그 소울 에너지는, 손을 짚고 있는 두 명의 마나로 대체할 수 있다.

　'사실 이럴 필요도 없거늘.'

　그의 소울 에너지가 가지고 있는 개성은, 흡수였다.

　때문에 백 명의 기사들의 영혼. 즉, 소울 에너지를 대거 흡수한 상태였다.

　이것을 사용하면, 지속시간을 충분히 늘릴 수 있었다.

　하지만 이것은 쓰면 안 되는 에너지. 이것을 소모했다간, 기사들의 수명이 적어도 30년은 단축된다.

　아무리 무자비한 제이크라도, 그러려고 이런 상황을 만

든 것은 아닌 것이다.

'힘을 뽑을 것이다. 저항하지 말라.'

둘은 아무 대답도 없었다.

제이크는 둘의 머리에 얹은 손에 힘을 불어넣었다.

그러자 둘의 마나가 제이크에게로 유입하여 들어오기 시작했다.

덕분에 곧 해제되려던 3단계 상태가 계속 유지될 수 있었다.

대신 둘의 상태는 더욱 악화되었다.

'시, 심하게 빠져나가는구려.'

'벌써부터 힘이 풀립니다.'

하지만 둘에겐 다른 지령이 있었다.

'너희를 저 녀석들의 영혼과 연결되게끔 만들 것이다. 너희는 그저 너희의 마나를 운용하는 방식을 이들에게 가르쳐 주면 된다.'

'……그걸 한 순간에 가르칠 수 있습니까?'

'게다가 가문의 비전인데…….'

둘의 불평은 듣지 않았다.

제이크는 그저 통보 식으로 말을 한 후, 백 명의 기사들을 그들과 연결시켰다.

'히, 힘들다.'

'힘들어…….'

'무, 무슨 소리지?'

'당신은 누구요! 누군데 내 머릿속에…….'

'나, 나는 붉은 매 기사단의 기사단장이오.'

'나, 나는 푸른 곰 기사단의…….'

백 명의 기사들 역시 지금 막 서로와 연결이 되었는지, 지금 이 상황을 혼란스러워 하고 있었다.

오르거가 그 혼란 속에 목소리를 내었다.

'모두들 힘들겠군. 그래도 내 말을 따라야 한다. 나는 오르거다.'

'자작님! 저 붉은 매 기사단…….'

'알고 있네. 그리고 모두들 나를 알고 있겠지. 지금부터…… 으음. 나도 잘 모르지만, 우선 자네들은 곧 느껴질 무언가를 그냥 느끼면 되네.'

추상적인 말이었다. 하지만 이렇게밖에 해 줄 말이 없었다. 그 역시 지금 이 상황이 잘 이해가 되지 않는데 누군들 이해를 시킬 수 있겠는가 말이다.

그저 제이크가 한 말을 토대로, 오러를 운용했다.

단지 운용할 때에, 모두에게 자신의 운용하는 방식이 전수되었으면 하는 바람을 담았다.

그뿐이었다.

하지만 그것이 모두에게 '감각적'으로 전해지면서, 오르거가 오러를 운용하는 방법이 아주 잠시나마 직관적으로 기사들의 몸을 강타했다.

자신보다 훨씬 윗줄의 고수의 감각을 직접 느낄 수 있는 경우는 흔치 않다. 아니, 모두가 이번이 처음일 것이다.

이것은 에리오르슈 가문만의 비전.

경험전의였다.

그것을 느낀 모두가 입을 쩍 벌린 채 그 기운에 집중했다.

죽을지도 모른다는 위기감은 온데간데없이 사라졌고, 실지로 그러한 압박감을 주던 제이크 역시 모든 힘을 거둬들인 상태였다.

"흐음!"

제이크는 무아지경에 빠진 백여 명의 기사들을 바라보며 흐뭇한 미소를 지었다.

소울에너지를 조금이라도 느낄 수 있어야만 혼정석을 올바르게 사용할 수 있고, 그러려면 죽음 직전까지 몰리는 상황과 그 상황을 뛰어넘을 만큼의 용기.

그리고 그 용기를 철저하게 부술 만큼의 공포감을 심어

줘야만 했다.

제이크는 성공했고, 모두의 마음이 하나가 될 수 있는 여지가 생겼다.

그리고 그 여지는 모두가 혼정석을 쥠으로써 사실로 변하였고 연결되었다.

제이크는 피식 웃으며 들고 있던 소울이터에서 손을 떼었다.

쿵! 하는 소리와 함께 땅에 박힌 소울이터는, 검신에서 갈색 아지랑이를 줄기차게 뿜어냈다.

그 갈색 아지랑이는 백여 갈래로 갈라져서, 기사들의 눈과 코, 입 속으로 들어갔다.

빨아들였던 그들의 영혼을 제자리에 되돌려놓는 것이었다.

급작스레 원기가 회복되는 것은 좋은 것만은 아니었다.

몸은 좋을지 몰라도, 바짝 말랐던 통로가 급작스레 커지며 제 역할을 감당해야 하는 것은 상당히 고통스러운 일이기 때문이다.

털썩.

털썩 털썩.

모든 기사들이 정신을 잃고 쓰러졌다.

그리고 그것은 오르거와 아란츠 역시 마찬가지였다.

그것을 모두 확인한 제이크가 굳건했던 다리에 힘을 풀었다.

쿠당!

그는 엉덩방아를 찧은 채 가쁜 숨을 몰아쉬었다.

"하아. 하. 후우. 후우우……."

사실 지금 가장 힘든 것은 제이크였다.

하지만 그의 입가에는 미소가 가득했다.

"으리의 완성이로군."

제이크에게 모두가 개처럼 맞아가며, 다시금 달려드는 근성을 얻었다.

다섯 부류로 나뉘어진 오만한 엘리트집단이, 잠깐이지만 제이크를 수세에 몰 정도의 협동력. 즉, 의리를 보여 주었다.

이제 그 의리가 으리로 변했다.

혼정석으로 모두가 연결되었고, 모르긴 몰라도 경지 역시 한 단계씩 상승했을 것이다.

제이크는 에리오르슈 가문이 몰락하기 전, 에리오르슈의 자랑거리를 되새겨 보았다.

"철의 군대……."

지금 제 2의 철의 군대가 완성되려 하고 있었다.

＊　　　＊　　　＊

백여 명의 기사들은 똑같은 꿈을 꾸었다.

아니, 한 꿈을 백여 명이 공유하고 있다고 보아야 했다.

그들의 앞엔 제이크가 있었다.

오르거가 검을 들어 제이크를 가리켰다.

"이번엔 반드시 죽인다!"

와아아아아!

모두가 제이크라는 공적에게로 달려들었다.

허나 역시 제이크는 호락호락하지 않았다.

하지만, 그들 역시 이전의 자신들이 아니었다.

모두가 하나된 움직임을 보여, 제이크의 사각을 파고들었다.

제이크가 뒤로 물러났다.

그 천하의 제이크가! 그들의 공세에 못 이겨 뒤로 밀려난 것이다!

이번엔 아란츠가 외쳤다.

"저를 따르십시오! 저 괴물을 잡는 데에 앞장서겠습니다!"

그가 검에서 기운을 뽑아냈다.

어느새 그의 기운은 마나블레이드가 아니라 오러블레이드가 되어 있었다.

그것을 아는지 모르는지, 아란츠는 제이크에게 돌격하여 검을 휘둘렀다.

쓰아악!

"크아아아아악!"

제이크가 거대한 비명을 지르며 쓰러졌다.

모두의 입에서 환호성이 터져 나왔다.

우와아아아아아아!

급기야 그들의 눈에선 닭똥 같은 눈물이 흘러내렸다.

허나 이상했다.

기뻐야 하는데, 슬펐다.

그 강하던 제이크를 쓰러뜨렸는데, 뭔가 서글프고 슬펐다.

미안했다.

환희의 눈물은 부모를 잃었을 때만큼이나 절절한 감정으로 변해가고 있었다.

*   *   *

"허억! 헉! 허어어억!"

아란츠가 상체를 벌떡 일으켰다.

주변을 둘러보자, 모두가 잠에서 깨어났는지 자신과 똑같이 얼빵한 표정을 하고 있었다.

그는 자신의 볼을 꼬집어보았다.

아팠다.

"꾸, 꿈이…… 아니었어?"

그의 눈시울이 붉어졌다.

제이크가, 죽었다.

"모두들 머저리 같은 얼굴을 하고 있군! 조금 전의 근성은 어디로 간 것인가!"

"……!"

목소리가 난 곳으로 모두의 시선이 옮겨졌다.

죽은 줄 알았던 제이크가, 이전과 같이 거대하고 굳건한 모습으로 그들을 오만방자하게 내려다보고 있었다.

"……꿈이었어. 조금 전 일은 꿈이었구나!"

누군가가 외쳤다.

불안해하던 모두의 얼굴이 환희로 물들었다.

그들을 강하게 만들어 준 제이크.

그를 죽이지 않아서 다행이었다.

"모두들 좋은 기운을 뿜어내는군!"

그리 말하며, 제이크가 씩 웃는다.

"……."

정신을 차린 오르거가 벌떡 일어나 그런 제이크에게로 걸어갔다.

그리고 한쪽 무릎을 꿇었다.

"위로 올라가게 해 주어 고맙소."

모두가 일어나 무릎을 꿇었다.

감사합니다!

"흐음."

제이크는 자신에게 한쪽 무릎을 꿇은 백여 명의 기사들을 바라보며 흡족한 미소를 지었다.

"그동안 미안했다!"

제이크에게 미안하단 소리를 들었다.

그 순간 모두가 감개무량하다는 듯, 고개를 푹 숙였다.

제이크를 쓰러뜨리는 것보다, 그의 입에서 미안하단 소리를 나오게 하는 것이 더욱 힘들다는 것을 이미 그들은 알고 있기 때문이었다.

당치도 않습니다!

감사합니다!

"크하하하!"

제이크가 호탕하게 웃었다.

곧이어 연무장의 모두가 호탕하게 웃는다.

길고 긴 훈련이었다.

그리고 그들은 성공하여, 모두들 한 단계 윗줄의 검사가 되었다.

철의 군대의 완성.

그 누구보다 기쁜 것은 다름 아닌 제이크였다.

그가 감격의 눈물을 흘렸다.

그리고 그것을 본 모두가, 덩달아 훌쩍이며 눈물을 흘렸다.

'우리들을 이렇게 만들려고…….'

'하기 싫었던 것도 해야만 했던 거야!'

'누구보다 괴로웠던 사람이 바로 제이크였어!'

'감사합니다! 그리고 존경합니다!'

'평생 당신을 존경하겠습니다!'

하지만 제이크가 눈물을 흘리는 이유는 모두의 생각과는 달랐다.

'드디어 주인님에게, 이 녀석들을 바칠 수 있게 되었다!'

으허허헝! 으허허허허헝!

제이크의 울음소리에 반응한 백여 명의 기사들이 대놓고 목 놓아 울기 시작했다.

뭐 어찌 되었건, 표면상으론 모두가 행복한 결과인 듯했다.

Chapter 7

결전의 날

시간은 흘러 결전의 날이 왔다.

결전의 날. 그것은 바로 처음 회의가 있은 후로부터 100일 뒤. 에리오르슈 가문의 적자인 경식이 오고, 그 이후의 변화를 모두에게 보여 주는 자리를 뜻하는 말이었다.

오늘은 결전의 날이다.

쿠데타 세력에 발을 담그고 있는 모든 귀족들이 모였다.

그들이 발걸음을 멈춘 곳은, 회의실이 아닌 바로 연무장이었다.

귀족들이 대동하고 온 기사단의 수뇌들 역시, 중무장을

한 채 자리에 앉아 연무장의 한가운데를 지그시 노려보고
있었다.

한가운데에는, 기둥처럼 거대한 남자 한 명이 굳건하게
서 있었다.

바로 제이크였다.

그리고 그 제이크 뒤에는 100여 명의 기사들이 오와 열
을 맞춰 질서정연하게 서 있었다.

오른쪽은 붉은 갑옷.

그리고 왼쪽은 푸른 갑옷을 입은 기사들.

그들은 헬름을 푹 눌러쓴 채 얼굴이 보이지 않지만, 이
상하게도 헬름 안쪽. 눈이 있어야 할 부분에는 묘한 기광이
어리고 있었다.

그것이 바라보는 모두에게로 하여금 소름을 돋게 하고
있었다.

"흐음······!"

그람트 후작은 떨려 오는 왼손을 오른손으로 꽉 쥐었다.
그가 이런 행동을 보일 때는 딱 두 가지 이유가 있었다.

첫 번째 이유. 극도의 긴장이다.

그리고 그것을 본, 그람트 후작의 직속 기사단의 단장인
로드는 그런 그람트에게 간언하였다.

"저것들, 별것 아닙니다. 기세가 느껴지지 않습니다."

그 말에 실린 의미는 비아냥이었다.

저것들은 별것 아니라는. 당신이 꾸려 놓고 자신이 이끌어 간 그람트 후작령의 기사단이 훨씬 강력하다고. 그러니 긴장할 필요 없다고 말하고 있었다.

하지만 그람트는 그 말에 싱긋 웃으며 고개를 저었다.

"나는 긴장한 것이 아니다. 다른 의미에서 몸이 떨리는군."

두 가지 중 다른 한 가지.

그것은 극도의 기대심리였다.

"내가 이 날을 3개월간 손꼽아 기다렸지. 저것은 분명……에리오르슈 가문이 자랑하는 그때의 그 군대일 것이다."

'……제 눈엔 그저 한 가닥 하는 놈들. 그 이상도 그 이하도 아닙니다만.'

물론 기대하는 주군에게 그런 말을 할 순 없었다. 그리고 어차피, 실망할 것이다.

자신과 자신의 기사단 30명은 그러기 위해서 이곳에 왔기 때문이다.

'백 명. 많은 수이긴 하지만, 최정예인 우리와 비견될 바가 못 되지.'

자부심은 충만했다.

오히려 그 역시 기대가 된다.

저들이 멋지게 등장하고, 그 멋지게 등장한 이들을 쳐부수며 돋보일 자신의 기사단.

'기대가 되어 미칠 지경이군.'

그리고 자신과 같은 생각을 하는 기사단이 이곳에 많을 것이다. 귀족들은 으레 모두 기사단을 가지고 있고, 모두 다 자존심이 넘쳐나기 때문이다.

'물론 그중에서 제대로 된 건 나의 기사단밖에 없겠지. 엘리트주의에 찌들은 병신 같은 것들.'

그러한 낯짝들이 연무장 완중석 여기저기에서 보인다. 우물 안 개구리들. 자신의 영지에선 최고 대접을 받았으니, 이곳에서도 그런 줄로만 알테지. 그들은 이곳에서 선보일 백 명의 기사들을 얕보고 있을 것이다.

'하지만 너희들보단 저들이 강하다.'

단지 자신의 기사단보다 약할 뿐.

'저들을 이길 수 있는 건, 그람트 후작님의 직속 기사단인 우리! 흰 까마귀 기사단 뿐!'

그가 그런 생각을 하건 말건, 연무장에 굳건하게 선 제이크가 크게 웃었다.

"크하하하하! 모두들 다 모였군. 네놈들은, 이제부터 에리오르슈 가문의 철의 군대가 부활하는 장면을 목도하게 될 것이다!"

목소리가 쩌렁쩌렁하게 울리자, 모두의 인상이 찌푸려진다.

아무리 제이크가 일인지하 만인지상이라지만, 반란군의 주축이 모여 있는, 귀족들이 잔뜩 모여 있는 이곳에서까지 이럴 줄은 몰랐기 때문이다.

귀족들이 데리고 온 기사들은, 검에 손을 얹기 시작했다. 여차하면 달려들겠다는 무언의 압박이었다.

물론, 그런 걸 신경 쓰면 제이크가 아니다.

제이크는 남들의 생각이 어떻건 간에, 자신이 할 일을 자신의 방식대로 밀고 들어갈 뿐이었다.

"이들은 철의 군대. 이곳에 앉아 있는 하찮은 것들보다 월등히 강력하다!"

그 말이 끝나기가 무섭게, 철의 군대라 불린 모두가 제각각의 검을 하늘 높이 들어 올렸다.

촤아앙!

"……?"

검을 뽑은 것만으로, 모두가 움찔 몸을 떨거나 하진 않았다. 그저 기묘한 눈빛으로 고개를 갸웃할 뿐이었다.

그 이유는, 검을 뽑아드는 소리가 하나밖에 들리지 않았
다는 것이다.

아무리 같이 훈련을 받고 동고동락 하더라도, 동작이 완
전히 똑같을 순 없다. 하물며 검을 뽑는 동작이다. 똑같은
소리가 100개 중첩되면, 그만큼 입체적이고 거대한 소리가
나야 옳았다.

헌데, 검 하나 뽑은 것처럼 얇고 단순한 소리밖에 들리지
않았다.

그리고 그럼에도 불구하고 100명의 검이 동시에 뽑혔다.

'이런 우연도 있군.'

'마법적인 처리를 하였나?'

모두가 그런 생각을 하며, 검을 뽑아 든 철의 군대를 주
시했다.

곧이어 철의 군대의 검에 마나 블레이드가 서리기 시작
했다.

추와아아아악!

하나같이 강렬한 마나 블레이드였다.

중요한 건, 최상급의 마나 블레이드가 스무 자루가 넘고,
상급 역시 서른 자루. 그리고 중상급도 쉰 자루쯤 된다는
것이다.

"……!!"

그제야 이곳에 있는 모든 기사들의 얼굴이 돌변했다.

최상급이 20명이다.

철의 군대를 제외하고 이 연무장에 모여 있는 모든 기사들 중에, 소드 익스퍼트 최상급을 넘는 이들이 몇이나 될까? 한 5명쯤 될 것이다.

그런데 저곳엔 20명이 존재한다.

그 전력 차는 단순 계산으로 해도 4배. 그리고 실질적으론 그 이상이 될 것이다.

모두의 눈빛이 수그러졌다. 강아지로 따지면 꼬리를 말고 주춤주춤 물러나는 꼴이다.

하지만 흰 까마귀 기사단장인 로드는 그러지 않았다.

'최상급에도 급이 존재한다.'

저들은 이제 막 최상급이 되어 보인다. 자신은 최상급 중에서도 중상급. 소드마스터를 넘볼 수 있는 자리에 섰다.

이곳에서 굳이 상대를 꼽자면, 공작령에서 갖은 영약을 흡입하며 가문비전의 검술을 익혔을 테르무그 아란츠나, 그것이 아니면 소드마스터인 오르거 자작 정도 되리라.

물론 그런다고 해서 무력 차는 변하지 않지만, 자기 위안과 자기합리화는 된다. 마음이 편해진다.

하지만 로드의 마음도 편해지지 않는 광경이 곧이어 펼쳐졌다.

검에 서려 있는 마나블레이드가, 갑자기 허공으로 떠오르며 한 곳으로 뭉쳐지기 시작했다.

백 자루의 검에서 뿜어져 나온 마나 블레이드가 한 곳에 모이자, 그 색깔이 더욱 짙어지며 남색으로 변모했다.

그 남색의 빛이 연무장에 내리쬐는 태양 빛을 이겼는지 연무장 전체가 남색으로 물들었다

연무장은 마치 물에 잠긴 것처럼 변했다.

그리고 적막에 휩싸였다.

쩌적. 쩍!

그리고 그 마나 블레이드의 집합체라고 할 수 있는 남색의 구체에 금이 가며 무언가가 태어나려 하고 있었다.

콰창!

구체의 껍질이 깨지며 태어난 것은, 다름 아닌 구렁이었다.

굵기는 통나무 정도 되어 보였고, 길이는 무려 10미터에 달하는 남색의 구렁이.

그 구렁이는 진짜 생명체처럼 심해와 같은 주변을 유영하며, 텅 빈 눈동자로 주변을 찬찬히 둘러보았다.

그 텅 빈 공허와도 같은 눈동자에 마주친 누구든지, 마주치지 못하고 시선을 회피했다.

귀족들이 대동한 기사들 역시 마찬가지.

그들은 이미 검에 손을 얹었던 때를 기억하지 못하고 황급히 고개를 푹 숙였다.

그러지 않으면 한 입에 꿀꺽 잡아먹힐 것만 같았기 때문이다.

츠으으으읏.

마나의 혀를 날름거리는, 마나 블레이드로 만들어진 생명체.

그 생명체가 그람트 후작에게로 다가갔다.

츠읏. 츠으으읏!

"으으음!"

그람트 후작은 눈을 크게 부릅뜬 채 굳어버렸다. 애써 시선을 피하지 않으려 했지만, 자신도 모르게 질끈 눈을 감아버렸다.

그리고 그 옆에 있던 흰 까마귀 기사단의 단장, 로드는?

덜덜덜덜.

엄청난 압박이 그의 온몸을 저며 왔다. 검을 쥐지도 못했다.

순간, 그람트 후작이 이곳에 오기 전, 그에게 했던 말이 기억났다.

[공격할 수 있다면, 그 무엇이 나오든 공격하라.]

그때는 당연하다는 듯 고개를 끄덕였다. 자신 있었다. 자신의 기사단은 최강이니까.

하지만, 저 마나 블레이드로 이루어진 생명체에게 다가갈 엄두가 나지 않는다. 검이라도 뽑았다간 그대로 잡아먹힐 것 같았다.

그저 덜덜덜.

나오려는 오줌과 토악질을 참는 것이 그가 마지막 자존심을 지키는 유일한 방법이었다.

츠으으읏.

남색 뱀이 로드를 바라보며 혀를 날름거리다가 고개를 돌렸다.

뱀이 향한 곳은 오르거 자작이 있는 곳이었다.

"흐음."

오르거 자작 역시 뱀과 눈을 마주쳤다. 하지만 다른 이들과는 달리 여유로운 얼굴이다.

차앙!

오르거 자작은 검을 들어, 남색 뱀에게 겨누었다.

그 검에서는 주황빛 오러블레이드가 불길처럼 뿜어져 나왔다.

아무도 모를 것이다. 그의 오러를 본 이가 적기 때문이다.

하지만 그의 오러는 100일 전보다 훨씬 단련되어 있었다. 그것을 알 수 있는 이는 이곳에서 오르거와, 그와 맞부딪쳤던 아란츠가 전부이리라.

그리고 그 아란츠 오르거의 바로 옆에 있었다.

그의 표정 역시 한결 부드러웠다.

그 역시, 검을 뽑아냈다.

좌앙!

그리고 검에서는 기운을 뿜어냈다.

그것은 최상급 마나블레이드 따위가 아니었다.

새하얀 빛.

그것은 분명 오러였다.

테르무그 아란츠가 소드마스터가 되었다!

모두가 놀랄 일이지만, 그 놀랄 만한 일이 묻힐 만큼 엄청난 상황이 벌어지고 있어 아무도 그것에 신경 쓰지 못했다.

그리고 정작 아란츠느 그런 것에 신경 쓰지 않는다.

아란츠와 오르거는 오러가 잔뜩 묻은 검 끝으로 남색 뱀을 가리켰다. 남색 뱀의 기세가 더욱 무섭게 변하더니, 입을 벌린다.

샤아아아!

단지 위협이었다.

그것을 본 오르거가 만족스럽다는 듯 미소를 지었다.

"능히 소드마스터와 견주어도 손색이 없구나!"

"전쟁터에서는 소드마스터보다 더욱 강한 힘을 자랑할 것 같습니다. 철의 군대라…… 개개인의 실력도 실력이지만, 이건 정말 뭐라 할 말이 없군요. 차라리 이것은 마법입니다."

이곳에서 뱀의 압박을 견디며 입을 열 수 있는 유일한 두 사람의 말이었다. 이곳의 모두가 그 말을 들을 수 있었다.

그리고 입을 열 수 있는 또 한 사람, 제이크가 둘의 말에 대답했다.

"이들은 이미 혼정석으로 링크가 끝난 상태다. 이들은 눈을 깜빡거리는 동작마저 동시에 하고, 숨을 쉬는 것마저 한 사람처럼 하고 있다. 때문에 마나 블레이드를 한 곳에 모으는 것도 가능하지. 지금 이들은 꿈을 꾸고 있다. 뱀이 되어 너희들을 바라보는 꿈을!"

거짓말이 아니라, 철의 군대는 모두 눈을 감은 채 미동조차 하지 않고 있었다.

모두의 정신이 꿈으로 연결되었다.

뱀이 되어 주변을 둘러보는 꿈을 말이다.

모두의 마음이 같고, 영혼의 색깔이 같지 않다면 결코 행할 수 없는, 말 그대로 기적 같은 일이었다.

"그럼, 당신이 이들의 주인입니까?"

오르거가 눈을 가늘게 뜨며 그리 물었다.

그러자, 제이크가 그 의중을 알고 피식 웃는다.

이들 100명 중, 50여명은 철의 군대 이전에 붉은 매 기사단 소속이기 때문이다.

붉은 매 기사단은 오르거가 꾸려나간 기사단이다.

그러니, 기사단을 송두리째 빼앗긴 거냐고 묻고 있는 것이었다.

제이크가 고개를 저으며 말했다.

"이들 중 반은, 너의 기사단이다. 그것에 이견은 없다. 다만, 너 말고도 주인 한 명을 더 섬길 것이다. 그리고 그 주인에게, 너 역시 무릎을 꿇어야 한다!"

"그것이, 당신이란 말이오?"

그 말에, 제이크가 피식 웃는다.

"나 역시 그분께 무릎을 꿇는다."

그 말로써 그 누군가가 누구인지 어렴풋이 알게 되었다.

아란츠가 말했다.

"그에게, 그럴 자격이 있습니까?"

제이크가 예쁘다는 듯 웃으며 고개를 끄덕였다.

"지금 이곳에서, 증명하실 것이다!"

제이크가 소울이터로 연무장 한 귀퉁이를 가리켰다.

모두의 시선이 그곳으로 쏠렸다.

그리고 그곳엔, 입 다물고 얌전하게 앉아 있는 경식이 있었다.

경식이 자리에서 일어났다.

피식.

그의 입가에는 오만방자한 미소가 담겨져 있었다.

*　　　*　　　*

물론, 그 오만방자한 웃음은 연출이었다.

사실, 경식은 지금 상당히 난처하고 어색한 상태였다.

'아니 뭐 사람을 이런 식으로 극적으로 소개를 해?'

[그러게 말이야. 내가 다 동화될 지경이네?]

경식과 구미호가 쑥스러운 듯 말했다.

사실 생각해 보면, 이 모든 무대와 연출은 경식을 위한 것이었다.

그 어떤 기사단보다 강력한 기사단. 그 기사단의 최강비기.

그리고 그 최강비기를 쓰러뜨리는 진정한 리더!

그 리더에게 무릎을 꿇는 최강의 기사단.

그 이후, 모두가 경식을 에리오르슈 가문의 적자로 인정하는 그런 스토리.

"이런 엄청난 스토리를 도대체 누가 구상한 거야?"

경식이 혼잣말처럼 중얼거리자,

그 옆에 서 있던 누군가가 대답해 왔다.

바로 지금껏 별로 한 게 없는 왕년노인이었다.

─헐헐헐. 이런 상황은 왕년에 많이 겪어봐서 안다네. 왕년에 나도 이러한 상황 많이 겪어 봤지. 나를 돋보이게 하기 위해서……?

길게 말하고 있음에도 불구하고 아무런 태클이 없자, 뭔가 이상하다 느꼈는지 왕년 노인이 스스로 입을 다물었다.

─말을 끊지 않는 겐가?

[아니 뭐. 뭘 하고 왔는지 요즘 통 얼굴을 안 보여서~ 오

랜만에 봤으니 하고 싶은 말 다 하게 둔 건데?]

―가, 감동이구먼.

[계속 안 해?]

―왠지 할 마음이 사라졌다네. 어찌 되었건, 이러한 연출은, 성공만 하면 모두의 충성심을 얻을 수 있는 좋은 연출이지.

왕년노인의 말이 맞았다. 이러한 연출을 고안해 낸 이에게 감사를 표하는 의미에서, 연무장 한 곳에서 자신을 빤히 바라보고 있는 여인을 바라보았다.

바로 이 각본을 쓴 장본인.

슈아였다.

슈아는 경식과 눈이 마주치자, 웃으며 입을 벙끗거렸다.

입모양은 분명 이렇게 말하고 있었다.

잘해.

'그래. 잘해야지.'

모두가 바라보고 있었다.

경식은 씩 웃으며, 소울 에너지를 발에 담아 힘껏 도약했다.

팡!

그는 단번에 관중석 꼭대기에서 연무장바닥으로 곤두박

질쳤다.

꾸웅!

"후우."

경식이 움츠린 몸을 일으키자, 제이크가 경식을 자랑스럽다는 듯 바라보며 뒤로 물러섰다.

자리를 피해 주는 것이었다.

왜 피하는지는 굳이 물어보지 않아도 알 것 같았다.

뒤에서 느껴지는 풍압만으로도 상황을 짐작할 수 있었다.

뒤를 돌았다.

남색의 구렁이가 허공을 격하여 경식에게로 쇄도하고 있었다.

스아아앗!

경식은 양손으로 그런 구렁이의 윗입과 아랫입을 잡고 버텼다.

콰그그그그그그극!

'흐음!'

뱀을 만진 경식의 손바닥이 타는 듯이 뜨거웠다. 소울에너지를 온몸에 두르고 있지 않았더라면, 만지는 순간 뱀의이빨에 손이 베어졌을 것이다.

말 그대로 뱀의 몸은, 마나로 만든 칼날 그 자체였기 때문이다.

그것도 아주 순도 높은 마나로 된 마나 블레이드다.

하지만 그것만으로는, 마나블레이드를 두른 거대한 검에 지나지 않는다.

이 뱀의 무서움은, 그 마나의 출력을 완력으로 치환했다는 것.

날카로우면서 거대하고, 거대한 만큼 강력한 힘을 지니고 있었다.

'이 녀석을 어떻게 한다!'

경식은 이 녀석을 쓰러뜨릴 방법을 빠르게 생각해 나갔다.

자신의 소울 에너지를 최고치로 끌어올려 어렵게 제압한다.

'평범해.'

너무 평범하고, 보이지 않는 에너지를 사용하는 것이니만큼 임팩트가 없다.

안 그래도 몸이 근질근질 거려하는 회색 바람과 붉은 어금니와 한꺼번에 빙의하여 근접 전투로 물리친다.

'처절해.'

완벽함을 보여줘야 하는 지금 상황에선 알맞지 않았다.

아니면 푸른 허무와 빙의하여 원거리에서 저격하여 손쉽고 세련되게 물리친다.

'비열해 보일 수가 있어.'

그렇다면 제일 좋은 방법으로는 구미호와 직접 링크하는 방법이 있었다.

[그거는 안 될 말이야!]

구미호가 반대했다. 경식과 합쳐지면 구미호야 좋지만, 경식이 구미호가 되기에 적합한 몸으로 변해가기 때문이다.

'물론 나도 알고 있어.'

말하면서도 구미호한테 고마움을 느끼며, 경식은 마지막 남은 한 방법을 떠올렸다.

쿠구구구구구!

그리고 그러는 와중에도, 출력에서 밀리는 경식이 뱀의 힘을 이기지 못하고 연무장 바닥에 긴 도랑을 만들며 뒤로 밀려나고 있었다.

결심을 굳힌 경식이 눈을 지그시 감았다.

그리고,

우뚝!

뒤로 밀려나던 경식이 딱 멈춰 섰다.

츠츠츠츳.

몸 주변을 초록색 소울아머가 메우기 시작한다. 그 소울아머는 살아 있는 지렁이처럼 꿈틀거렸다.

분명 그것은 근육과, 그것을 움직이게 만드는 핏줄처럼 보였다.

그의 눈이 떠졌다.

그의 눈은 더 이상 검지 않았다.

피처럼 붉었다.

"크르르!"

경식으로서도 참을 수 없는 광기가 입에서 동물의 소리를 내게 만들었다.

파박! 파바바밧!

구렁이의 거대한 몸체가 앞으로 나아가려고 버둥거리자 연무장 바닥에 추상화라도 그려지듯 수많은 고랑이 파여 갔다.

하지만 그렇게 발버둥을 쳐도, 경식은 뒤로 물러나지 않았다.

오히려 앞으로 한 발자국 두 발자국 나아갔다.

힘 싸움에서 명백한 우위를 점하고 있는 것을 증명이라도 하는 듯이 말이다.

그리고 경식의 두 손이 급기야는 뱀의 위쪽과 아래쪽 아가리를 잡고 그대로 찢어 버렸다.

추아아악!

그것은 마치 닭고기의 살을 찢어내듯 수월한 동작이었다. 그 한 동작만으로 거대한 구렁이가 세로로 쪼개져 버렸다.

둘로 쪼개진 뱀의 조각을 하나씩 쥔 경식은, 그 엄청난 힘으로 그것을 휘둘러 바닥에 내동댕이쳤다.

콰쾅!

콰아앙!

연무장 바닥에 거미집과도 같은 균열이 생겨났다.

후우우우.

그 광경을 긴장하며 보던 모두가 의미 모를 한숨을 푹 내쉰다.

하지만 경식의 표정은 풀리지 않았다.

에리카에게 받은 지식을 기반으로 보건대,

이대로 끝날 녀석이 아니었던 것이다.

그리고 과연, 두 조각으로 쪼개진 뱀이 꿈틀거리며 일어났다.

그리고 자그마한 두 마리의 뱀으로 바뀌었다.

캬아아아!

크아아아!

한쪽 뱀은 밝은 청색, 그리고 또 한 마리의 뱀은 피처럼 붉은 색이었다.

그 뱀이 바닥을 기며 일어나, 경식에게 빠른 속도로 쇄도해 왔다.

힘과 기세는 이전만 못하지만, 덩치가 작아진 만큼 2배는 빠르고 기민한 몸놀림이었다.

크르르르.

경식은 다가오는 뱀들을 노려볼 뿐 방어할 준비를 하지 않았다.

대신에 붉은 눈동자를 담은 흰자위가 급격하게 충혈되어 간다.

그의 입에서 일갈이 토해져 나왔다

[크아아아아!]

키아아아!

그 울림에 두 마리의 뱀이 뒤로 물러났다. 크기 역시 반으로 줄어들었다.

경식이 다시 한 번 외쳤다.

[크아아아아아!]

두 마리의 뱀이 주춤 뒤로 물러나더니, 가루로 변하여 바람에 흩날렸다.

시이이이이이—

가루로 변한 붉고 푸른 마나의 가루가 백여 명의 기사들에게 다시금 돌아갔다.

이윽고, 심해처럼 짙은 파란색이던 주변이 햇볕이 내리쬐며 생동감을 되찾는다.

전투가 끝나자, 투마와 접신하고 있던 경식이 눈을 감았다.

그리고 뜬 순간, 그의 눈동자는 다시금 검은 색으로 물들어 있었다.

"후우우우."

한숨 돌린 경식이 오르거와 아란츠가 있는 곳으로 고개를 돌렸다.

"이 정도면, 마나 블레이드를 잠재운다는 것을 증명한 셈이 됩니까?"

그 말에, 오르거가 당연하다는 듯 고개를 끄덕였다.

"당신은 그 이상을 저에게 보여주셨습니다."

그리고 새삼 말투마저 공손해져 있었다.

아란츠 역시 경식을 바라보며 목례를 한다.

경식 역시 빙긋 웃는 것으로 인사를 대신했다.

나중에 아란츠가 소드마스터가 된 것을 축하해 주어야겠다고 생각하며, 경식은 다시금 고개를 돌려 철의 군대를 바라보았다.

　백여 명으로 이루어진 철의 군대는 서서히 눈을 떴다. 그들은 뱀이 되어 경식과 싸웠고, 그 힘의 차이를 누구보다 잘 알게 되었다.

　"정말 훌륭하십니다……."

　제이크가 경식의 앞으로 다가와 양 무릎을 꿇었다.

　쿵!

　"나의 주인이시여!"

　그것을 가만히 보고만 있을 철의 군대가 아니었다.

　그들 역시 한쪽 무릎을 꿇었다.

　척!

　역시나 한 사람이 하는 것처럼 극도로 일체화 된 움직임이었다.

　"흐음."

　경식은 그들을 바라보다가, 품 안에서 무언가를 꺼내어 머리 위로 들어 올렸다.

　10개를 하나로 합쳐 놓은 혼정석이었다.

　그리고, 그곳에 자신의 소울 에너지를 집어넣었다.

혼정석이 보랏빛으로 물들기 시작한다.

철의 군대와 제이크가 들고 있는 혼정석에도 변화가 생겨났다. 경식의 소울 에너지에 공명하기라도 하듯 일렁거리던 혼정석들이, 저마다 푸른빛과 붉은빛을 뿜어내며 경식의 혼정석으로 광선처럼 쏘아져 나갔다.

촤아아아아악!

철의 군대의 영혼의 일부가 경식의 혼정석으로 빨려 들어갔다.

경식이 들고 있던 혼정석의 색깔이 보랏빛에서 푸른빛으로, 그리고 붉은빛으로, 급기야 다시금 보랏빛으로 변하기를 반복하더니, 보라색과 붉은색, 그리고 푸른색이 소용돌이처럼 뒤섞인 기이한 모양이 되었다.

경식은 그것을 보고, 마치 안쪽에 무늬가 있는 예쁜 구슬과도 같다고 생각했다.

'옛날에 구슬치기 많이 했었는데.'

[지금 이 상황에서 그런 말이 나오니?]

'으음, 미안. 왠지 긴장이 돼서.'

실지로 경식은 긴장이 되었다.

아니, 긴장감이라기보다는 중압감이라고 말하는 게 옳은 표현이리라.

백여 명의 기사들과, 제이크의 영혼의 일부가 경식에게로 물밀듯이 밀려들어오고 있었다.

그것은 경식이 앞으로 이들의 우두머리라는 의미이기도 했다.

최고의 무력집단을 얻었다.

이 무력집단을 쓸 날이 올 것이다.

그때, 망설이거나 실수를 하면 안 된다.

그렇기 때문에, 무거운 중압감이 밀려들어오는 것이었다.

그리고 그런 경식과 철의 군대를 바라보는 귀족들 역시, 각오를 단단히 하고 있었다.

경식.

이들이 알기로는, 에리오르슈 쿠드.

그가 와서, 많은 것이 바뀌었다.

전열은 모두 가다듬어졌다.

이제 그 전열을, 사용할 날을 위해 더더욱 정진해야 했다.

그들의 명단을 황제가 모두 가지고 있는 이상, 이제는 빼도 박도 못한다.

지금껏 망설였던 자신들을 탓한다.

그리고, 앞으론 그러지 말아야겠다고 생각한다.

모두가 바라보는 가운데,

경식은 철의 군대의 수장이 되었다.

그리고 이 쿠데타 세력의 중심이 되었다.

그가 좋건, 싫건 이것은 어쩔 수 없는 일이었다.

*   *   *

에리오르슈 가문 시연회(?)가 끝나고, 그것을 본 모두는 생각했다.

이 정도 전투력이라면, 해 볼 만하겠다는 생각.

그리고 에리오르슈 가문의 적자인 에리오르슈 쿠드가 얼마나 믿을 만한 인물인지 알게 되었다.

이번 사건으로, 모두의 눈에 경식은 구세주처럼 보였으리라.

물론 그렇게 보이려고 각본을 짜고, 연출을 한 것이지만 경식의 능력 면에서는 사실이었다.

방식을 연출한 것이지, 철의 군대가 경식을 봐준 것은 결단코 아니기 때문이었다.

모두가 만족한 모습으로 자신의 영지로 향했다. 영주들 중 가장 흡족해 했던 것은 다름 아닌 그람트 후작이었다.

그람트 후작은 경식의 손을 맞잡고, 부담스러운 눈빛을 초롱초롱 빛내며 말했다.

'잘 부탁하네. 지금까지 의심해서 미안했네.'

그 말을 듣고, 경식은 자신의 어깨가 꽤나 무거워지는 것을 느껴야만 했다.

어찌 되었건 사건은 잘 일단락되었다.

그리고 경식 일행은 고른 백작의 사무실로 다시금 모였다.

경식이 쿠데타 세력에 공개적으로 모습을 드러냈던 회의가 있은 후 정확히 100일이 되는 지금이다.

그리고 심기일전하자던 그때와는 분위기가 완전히 달랐다.

말 그대로 우리들만의 피로연.

성공을 위한 소소한 자축이었다.

"마음 같아서는 열흘이고 한 달이고 파티를 열어 주고 싶지만, 황제의 시선을 끌면 안 되니 이 정도로 이해해 주시게. 하지만 이 술은 그런 파티에서도 결코 마시지 못하는 것이지."

고른 백작은 웃으며 술병 하나를 꺼내었다. 술병은 이미 마셨는지 반 정도만이 남아 있었다.

그리고 그 술병을 본 오르거의 눈동자가 찢어져라 부릅떠졌다.

"이, 이것은! '아르데르의 눈물' 아닙니까?"

"헐헐헐. 역시 자작은 안목이 있군. 그러네. 아르데르의 눈물이라네."

오르거 자작의 눈동자에 감동이 잔뜩 담겼다.

"살아생전 아르데르의 눈물을 먹을 기회가 생기다니, 정말 행복하군요!"

"심지어 90년 동안 숙성시킨 녀석이라네."

"호오! 비록 반이 비어 있는 것이 아쉽지만, 정말 좋은 술을 내오셨습니다. 어떻게 감사를 드려야 할지!"

"헐헐헐헐. 이 술이 왜 반이나 비었는지 아는가?"

백작이 허허롭게 웃으며 그 사연을 이야기했다.

"바로 100일 전, 자네를 포함한 우리 세력의 이들이 오기 전날 밤 이들과 함께 뜯었었네. 자네들의 마음을 돌릴 수 있도록 신에게 기도하면서 말일세."

"호오……."

오르거는 경식 일행을 바라보았다. 경식과 제이크, 슈아와 아란츠는 저마다 여유로운 표정을 지으며 그런 오르거를 바라보고 있었다.

"그리고, 이야기가 잘 되었군요?"

그 말에 경식이 싱긋 웃었다.

"그 술의 힘이 참 대단합니다."

"허어! 술의 힘이라니? 모두 자네와 제이크, 아란츠, 그리고 슈아 양의 덕분인 걸 알고 있네."

슈아가 싱긋 웃으며 술잔을 내밀었다.

"그러지 말고 한 잔 주세요. 그 맛을 잊지 못해서 한동안 얼마나 힘들었는지 모르시죠?"

"헐헐헐. 우리 영지의 최연소 6서클 유저께서 술 한 잔 달라는데 어찌 안 된다 하겠는가?"

고른 백작이 슈아의 잔을 채워주는 것을 시작으로 모두의 잔에 아르데르의 눈물을 채워 주었다.

"자, 앞으로의 일을 위하여 건배하지!"

짠~

청량한 소리와 함께 각자의 목으로 넘어간 아르데르의 눈물은 가히 천상의 맛과 여운을 모두에게 안겨주었다.

술이 들어가자 이런저런 이야기가 오고 갔다. 몇 잔 마시지도 않았는데 얼큰하게 취하는 걸 보면, 아르데르의 눈물이 상당히 독한 술이라는 것을 알게 해 준다.

고른 백작이 술을 들이켜며 말을 이어 갔다.

"크흐! 푸른 물소 기사단을 내어 달라고 할 땐 무슨 소린가 싶었네. 세상에 그런 엄청난 녀석들이 될 줄이야!"

제이크에게 한 말이었다.

제이크는 묵묵히 술잔을 들이켜며, 피식 웃었다.

"근성이면 안 되는 것이 없소!"

듣고 있던 오르거가 고개를 끄덕였다.

"정말 당신은 대단하고, 존경할 만한 무인입니다."

그의 붉은 매 기사단 역시 제이크로 인해서 개과천선 하였다. 아니, 애초에 훌륭한 기사단이었으니 개과천선이라는 말은 오해의 소지가 있으려나?

듣고 있던 슈아가 말을 이어 갔다.

"혼정석이 아니었으면 불가능한 일이었죠."

"혼정석이라. 그, 마정석을 대량으로 가져간 것이 그것 때문이라고 했었나?"

"맞아요. 그리고 내주신 마정석은 모두 사용했지요."

"그…… 뭐, 뭐라고? 다 사용을 하였다고 하였는가?"

"네."

"마, 마법 실험이라도…… 아니, 마법 실험을 하여도 그토록 많은 양을 이렇게 단시간 안에는……?"

고른 백작은 크게 당황한 기색이 역력했다.

마정석이란 것은, 말 그대로 마나가 잔뜩 들어 있는 돌이었다. 그것은 몸 안의 마나 대신 작용하여 마나 블레이드나

마법을 실현시킬 수도 있었고, 아티팩트에 넣어서 동력 역할을 하기도 했다. 마법진의 가운데에 넣어서 좀 더 거대한 작용을 할 수도 있는 유용하고, 반영구적인 것이었다.

마정석을 다 사용하였다 함은, 안에 들어 있는 마나를 다 사용했다는 이야기였다.

한두개면 몰라도, 그렇게 많은 양을 단시간 안에 사용하는 것은 불가능하다.

그래서 엄청난 양의 마정석을 달라고 했을 때에도 선뜻 내준 것이다. 어차피 그거 다 쓰려면 아무리 빨라도 1년은 걸린다는 생각에서였다.

그런데 내준 지 100일. 아니, 정확히는 60일 정도도 지나지 않아서 모두 동이 났다고 하니 고른 백작의 입장에서는 당황스러울 수밖에 없었다.

"어디에 사용해도 다 되는 거 아니었나요?"

슈아의 말에, 당황스럽지만 고개를 끄덕였다. 확실히 그렇게 말하긴 했기 때문이다.

"아니 그게 아깝다기보다는…… 너무 당황스러워서 그렇지."

"충분히 이해해요. 으음…… 이걸 보셨나요?"

슈아가 그리 말하며 경식에게 손을 내밀었다.

"응?"

"오라버니 꺼 잠깐 보여 줘."

"내, 내 거를!?"

가만히 듣고 있던 구미호가 펄쩍펄쩍 날뛰었다.

[이, 이게 지금 무슨 소리래? 왜 겨, 경식이 거를 보여 달라는 거지, 저 계집은?]

"응. 오라버니 거."

"……."

경식은 정말 바지라도 끌러야 하나 싶었지만, 곧이어 슈아의 인상에 짜증이 섞였다.

"혼정석 말이야."

"아아, 혼정석? 혼정석이면 혼정석이라고 말을 해야지!"

"그거 아니면 뭐라고 생각했어?"

"에…… 음. 뭐, 아무튼."

경식은 대충 얼버무리며 품 안에서 혼정석을 꺼내었다.

혼정석은 보라색과 붉은색, 그리고 푸른색이 어우러진 채 일렁이고 있었다.

경식의 소울에너지와, 붉은 매 기사단. 그리고 푸른 물소 기사단 각각의 영혼 조각이 들어가 있는 혼정석이었다.

경식이 그것을 들고 힘을 주자, 아무런 빛도 나지 않던 구슬이 은은하게 빛나기 시작했다.

이들은 모르겠지만, 두 기사단이 어우러진 철의 군대의 인원 전체가 동시에 눈을 부릅뜨며 벌떡 일어났다. 그리고 경식의 명령을 수행할 마음의 준비를 끝마쳤다.

물론 그냥 고른 백작에게 보여주기 위함이었지만 말이다.

"호오."

과연, 그것을 본 고른 백작은 감탄을 토해 냈다.

"조금 전 일이 생각나는군. 그래, 그것이 혼정석인가?"

슈아가 고개를 끄덕였다.

"네."

"멋지군. 하지만 나는 혼정석이 아니라 마정석에 대해서 묻고 있네. 대답하기 곤란하여 동문서답을 하는 것인가?"

"아니요. 동문서답이 아니에요."

그러면서, 슈아가 혼정석을 똑바로 가리킨다.

"저게 마정석 100개를 합쳐 놓은 겁니다."

"……배, 백 개를?"

마정석 10개를 에리오르슈 비전의 마법진을 이용하여 제련하면 1개의 혼정석이 된다. 그리고 그 혼정석은 에리오르슈 가문의 적자만이 합칠 수 있다.

그리고 혼정석 10개를 합친 것이 눈앞에 찬란하게 빛나는 저것이었다.

"그리고 철의 군대는 모두들 한개 분의 혼정석을 갑옷에 박아 넣은 상태예요. 그것으로 서로 교감을 할 수 있어서 쌍둥이보다 더욱 똑같은 동작을 할 수가 있는 거죠."

특정 상황에 한해서 영혼과 영혼을 링크시켜 준다.

그것이 혼정석의 능력 중 하나였다.

"물론 소울 에너지를 다룰 수 있는 사람이라면, 혼정석 안에 들어 있는 소울 에너지 역시 사용할 수 있죠. 마정석에서 마나를 끌어서 사용하는 것과 비슷한 이치입니다."

물론, 소울 에너지를 다룰 수 있는 사람은 이곳에서도 경식과 제이크밖에 없지만 말이다.

"그밖에 여러 가지가 있지만, 이걸 가장 기쁘게 생각하겠네요."

혼정석은, 말 그대로 영혼을 담은 구슬이다. 그렇기 때문에, 영혼을 가지고 있는 존재가 그것을 보유하고 있으면 활력이 솟아나서 간접적으로 신체의 능력에 영향을 끼친다.

아니, 신체능력도 신체능력이지만 정신적으로 더욱 굳건해진다고 봐야했다.

인간의 한계를 넘는 힘.

그것은 다 몸이 내는 에너지가 아니라, 모두가 가지고 있지만 직접적으로 갖다 쓰지 못하는, 소울에너지라는 것이 원천이기 때문이다.

여기서 부터가 중요하다.

"음식을 먹거나 물을 먹는 행위는, 모두 영양분을 섭취하기 위해서죠. 영양분을 섭취하는 목적은, 소울 에너지를 추출하기 위해서예요. 모든 생물은 소울 에너지를 가지고 있고, 서로 그것을 빼앗아 가며 살아가죠."

"사, 상당히 무서운 말이구먼?"

"사실이니까요. 하지만 혼정석을 가지고 있으면, 배고프지 않습니다. 목이 마르지도 않아요. 혼정석 안에 있는 소울 에너지를 양분으로 사용하기 때문이에요. 물론 참으로 비효율적인 방법이지만 말이죠."

"……!"

비효율적인 방법이라 했지만, 상황에 따라서는 정말 값어치 있는 물건이지 않은가.

특히, 보급이 절실한 전쟁 중에는 더없이 귀중한 무기가 된다.

"혼정석 하나로…… 며칠이나 버틸 수 있는 겐가?"

"그거는 아마 오라버니가 알 텐데요."

슈아가 경식에게 떠넘겼다.

경식은 당황했지만, 확실히 머릿속에 있는 에리오르슈 백과사전을 뒤지면 있을 것도 같았다.

그리고 잠시 후, 답이 산출되었다.

"하나당 일반성인 기준으로 1000일치는 될 겁니다."

"놀랍군!"

고른 백작이 기뻐하며 말을 이어 갔다.

"그런 이유에서라면 얼마든 마정석을 갖다 사용해도 좋네! 모아 놓은 마정석은 충분히 많으니 말일세."

제국에서 가장 마정석이 많이 나오는 광산은 고른 백작이 가지고 있다. 그리고, 그 보유량과 소모량은 장부에 적혀 황제에게 보고하게 되어 있었다. 그리고 매달 황제에게 다량의 마정석을 바쳐야만 한다.

물론, 쿠데타를 일으킬 요량으로 그것에서 조금씩 떼어서 비밀창고에 모으기 시작한 마정석은 상상 이상으로 많았다.

그걸 모두 혼정석으로 바꾼다면, 사용하기에 따라서 어마어마한 무기가 될 것이 분명했다.

"어쨌든 그렇군. 그래서 그렇게…… 에리오르슈 가문에서 마정석을 대량으로 구입했던 것이로군."

에리오르슈 가문이 건재할 당시, 에리오르슈 가문은 마정석을 미친 듯이 사들였다. 대륙의 4대 마탑 전체가 사용하는 마정석보다 많은 양을 에리오르슈 가문이 소모했었다.

덕분에 엄청난 부를 축적할 수 있었지만, 때로는 그 이유가 궁금하기도 했었다.

그리고 그 이유를 지금에야 알게 되었다.

그리고 에리오르슈 가문의 철의 군대가 왜 그렇게 강했는지도 말이다.

"그리고 이제, 에리오르슈 가문의 철의 군대가 다시 되살아나, 우리 편이 된 것이로군."

그리고 그 군대는, 아마 대륙을 통틀어도 견줄 바가 없을 만큼 강력한 군대일 게 분명했다.

오르거가 기대된다는 듯 말을 이어 갔다.

"특히나, 고작 100명이라는 무력으로 군대 소리를 들은 만큼이니, 그 파급력은 대단할 것입니다."

군세 면에서는 황제가 앞설지도 모르겠다.

하지만 정예병의 숫자. 알짜배기는 지지 않을 자신이 있었다.

그리고, 쿠데타라는 건 최대한 은밀하게 진행하고, 일이 커져서 전 병력을 끌어 모아 전면전이 되기 전에 어떻게든 성공해야 한다.

그러지 않으면 전면전.

승산이 희박하다.

그런 의미에서, 소수정예인 지금의 철의 군대는 쿠데타 세력군에게 있어 신의 한 수와도 같은 보물이었다.

모두들 건배하세!

좋은 분위기가 계속 이어지며, 술잔이 계속해서 기울어 지기를 반복했다.

모두가 취했고,

취해도 되는 날이었다.

기분 좋게 취한 모두가 제자리로 돌아가고, 경식 역시 비 틀거리며 자신의 처소로 돌아가 무너지듯 침대에 누웠다.

"하아아아."

깊은 한숨이 내쉬어진다.

옆에서 보고 있던 구미호가 걱정스레 묻는다.

[왜 그래? 한시름 내려놓은 사람처럼?]

"한시름 놓은 게 맞지."

다른 이들도 그렇겠지만, 경식은 이번 일이 성공적으로 일단락 된 것이 너무나도 기뻤다.

자신이 주체가 되어 처음 주도한 일이고, 그만큼 중요했던 일.

그것이 완벽하게 이루어지자, 묘한 고양감과 함께 끝없
는 자신감이 샘솟아 올랐다.

"큰 고비를 넘겼으니, 더욱 잘할 수 있을 것 같아."

[정말 고생했어. 투마한테 그렇게 쳐맞을 땐 안 되나 싶
었는데…….]

"으으, 그건 참 끔찍한 일이었지……."

이런저런 이야기를 중얼거리다가, 경식은 잠에 들었다.

구미호 역시 경식의 옆에 자리를 틀고 누워서 경식을 하
염없이 바라보고만 있었다.

문득, 처음 경식과 만났던 날이 생각났다.

그 어설픈 꼬맹이가 지금은 어엿하게 일을 헤쳐나가고
있었다.

[갈수록 멋있어진다니까?]

구미호는 말하고서도 놀랐다. 자신의 감정을 경식에게 들
킬까 봐서다. 하지만 경식은 코까지 골며 곤히 자고 있었다.

―헐헐. 꼬맹이의 그릇이 점점 커지고 있는 것이, 느껴
지는가?

그때, 소리 소문 없이 다가온 왕년 노인이 한마디 거들었
다.

구미호는 싱긋 웃으며 왕년 노인의 말에 동조해 주었다.

[신기한 일이야. 그렇지?]

―왕년에 내가 살아 있을 적에도, 이런 대폭적인 성장은 하지 못했었는데 말이오. 조금 질투까지 나려고 하다니 말이야.

[그놈의 왕년 타령은.]

어쨌든 좋은 칭찬이었다.

그리고, 좋은 밤이었다.

구미호는 창문 너머로 보이는 밤하늘에 걸린 보름달을 보았다.

휘영청, 밝았다.

마냥 달을 바라보며 웃던 구미호의 눈이 순간 크게 부릅 떠졌다. 달에 투영된 기운을 느꼈기 때문이다.

[어째 불길한 징조……인데?]

―흐음? 달을 보고서 그런 것도 느낄 줄 아시오? 나는 모르겠는데…….

[기분…… 탓이려나?]

구미호는 기분 탓일 거라고 자신을 위로했다.

*   *   *

아침이 밝았다.

고른 백작은 해가 중천에 뜨고서야 간신히 눈을 떴다.

평소에는 상상도 할 수 없는 일이겠지만, 어제 그렇게 기분 좋게 취했으니, 오늘은 이런 자신을 용서하기로 마음먹었다.

"배가 고프군."

그는 하인을 부려, 간단하게 세안과 몸단장을 한 후 자리에서 벌떡 일어났다.

뭔가, 새로운 혁명의 바람이 불기 시작하는데, 늦게 일어난 만큼 열심히 관련 업무를 수행해야 할 것만 같았다.

"모두를 불러서 해장이라도 해야겠어. 허허허허."

기분 좋은 정도로 멍한 머릿속. 그것은 바로 적당한 숙취였다.

어제 술잔을 같이 기울인 모두가 그와 비슷한 상황일 것을 생각하니, 모두 모여서 좋은 음식으로 해장을 해야겠다는 생각이 들었다.

똑똑똑. 똑똑똑똑!

그대, 꽤나 경박스러운 노크 소리가 들려 왔다.

뭐랄까. 점잖으려 하지만 마음이 급해서 빨라지는 그런

노크 소리였다.

"누군가? 들어오게."

그 말이 떨어지기가 무섭게 들어온 이는, 그가 어렸을 때부터 함께한 백작 가문의 최고 집사인 그레이었다.

언제나 태연자약한 그레이가 이러한 모습을 보이자, 고른 백작 역시 표정이 심각하게 변했다.

"무슨 일인가?"

"이, 이것을 보십시오. 서신입니다."

"어디의 서신인가?"

"황제 폐하의……."

촤아악!

고른 백작이 그레이의 손에서 서신을 빼앗듯이 가로챘다.

꿀꺽.

지금 이 타이밍에 온 황제의 서신.

"도대체 무슨 말을 하려고……."

정체가 들켰나? 아니, 이미 정체는 들켰다고 봐야 한다.

그렇다면 선전포고인가?

아직 준비가 되지 않았거늘!

아니. 그저 안부를 묻는 것일지도 모른다. 장부가 넘어가긴 했을 테지만, 그렇다고 모든 이들이 다 걸렸으리란 보장도 없고…….

"생각만 많아지는군!"

고른 백작은 점점 많아지는 생각의 꼬리를 자르듯 서신을 쫙 펼치고 그 안의 내용을 읽기 시작했다.

"……!"

서신을 모두 읽은 고른 백작의 눈동자가 찢어져라 크게 부릅떠졌다.

〈다음 권에 계속〉